大^대
韓^한

청년 안중근

대한 청년 안중근

발행일   2020년 3월 26일

지은이   한세현
펴낸이   한세현
원 작   문희웅
표지디자인 김범석
펴낸곳   그룹에이치컴퍼니
출판등록   18년 11월 20일 제 406-2018-000144 호
주소   경기도 파주시 회동길 521-1 그룹에이치컴퍼니빌딩
홈페이지   www.grouphcompany.com
전화번호   031-955-9886
팩스번호   031-955-9887
이메일   no1@grouphcompany.com

편집/디자인 (주)북랩
제작처   (주)북랩 www.book.co.kr

ISBN   979-11-969987-0-7 03800

이 도서의 국립중앙도서관 출판예정도서목록(CIP)은 서지정보유통지원시스템 홈페이지(http://seoji.nl.go.kr)와
국가자료공동목록시스템(http://www.nl.go.kr/kolisnet)에서 이용하실 수 있습니다.
(CIP제어번호: cip 2020011573)

大 _대

韓 _한

청년 안중근

GROUP
COMPANY

등장인물

안중근(응칠, 27세/32세) - 동양평화론에 의거하여 아시아의 평
화를 해치는 이토 히로부미를 처단한
독립운동가

이성희(27세) - 3개 국어에 능통한 대동공보 기자이자 독립운동가

미조부치 타카오(35세) - 안중근을 취조한 일본 검사

지바 도시치(30세) - 감옥에서 안중근이 만난 간수

구리하라 사다키치(40세) - 여순형무소 소장

카미렌(32세) - 안중근의 사진을 찍은 중국 사진사

빌헬름 신부(50세) - 안중근 가족이 다니던 성당의 신부

이강(50세) - 대동공보 주필이자 독립운동가

미하일로프(43세) - 독립운동을 돕는 대동공보 대표

이마이 후사코(35세) - 구리하라 사다키치의 아내

우덕순(32세) - 안중근의 친구이며 독립운동가

최재형(52세) - 러시아에서 독립군 자금을 대준 독립운동가

서은숙(23세) - 삼홍학교의 교사

안태훈(44세) - 진사 출신의 지주로 안중근의 아버지

박승환(39세) - 대한제국 군대 해산 때 항의하며 권총으로 자결
한 독립운동가

이치관(40세) - 여관주인이자 독립운동 후원자

이석산(35세) - 독립운동가

김아려(23세) - 안중근의 아내

조마리아(44세) - 안중근의 모친

왕웨이(30세) - 대련 살인사건을 일으켜 수감 중인 사형수

이토 히로부미(66세) - 일본의 초대 총리대신이자 조선 총감부
초대 총감

이외 다수.

大舫

청년 안중근

안중근

대한제국의 항일 의병장, 정치가, 사상가.

1909년 10월 26일

하얼빈역에서 대한 의군 참모중장의 신분으로 이토 히로부미를 사살.

다음 해인 1910년 3월 26일

살인의 죄형으로 중국 관동주 뤼순 감옥에서 사형.

하얼빈 일본 영사관 - 낮 / 밤

자작나무 숲 위로 구름이 낮게 드리워진 하늘, 금방 비라도 쏟아질 듯하다.

일장기가 바람에 펄럭인다. 그 일장기 너머로 흐릿하게 재소자를 태운 마차가 보인다. 영사관 앞에 마차가 멈추고 헌병들로 보이는 군인들에 의해 검은 양복 차림에 두건을 쓰고 있는 사내(안중근)가 무참히 구타당하며 영사관 안으로 끌려들어 간다. 그 위로 들리는 미조부치 타카오(이하 타카오)와 중근의 목소리.

중근   내 동지는 우리 동포 2,000만 명이요.

타카오   왜 그분을 쏘았는가?

중근   이토 히로부미는 동양의 평화를 짓밟았고 대한
                의 독립과 주권을 침탈한 인물이기 때문이오.
                난 대한의 군인 신분으로 그를 사살한 것이오.

달리는 증기 기관차 / 밤

7개월 전

일장기를 펄럭이며 증기 기관차가 숨찬 기적 소리와
함께 돌진하고 있다.

열차 특별실 / 안

앤티크 한 가구로 꾸며진 특별실. 테이블 위에 놓인 찻잔에 찻물을 따른다. 달리는 열차의 진동으로 찻물이 흔들린다. 찻잔 속에 비치는 이토 히로부미의 얼굴.

    이토   조선의 청년들은 내게 고맙다고 해야 하지 않
                 겠는가?

차를 따르는 시종에게 이야기를 하는 이토. 시종의 얼굴은 차창 틀에 가려 잘 보이지 않는다.

    이토   국제 정세가 요즘처럼 복잡하고 어려운 시기
                 에 일본의 보호 아래 조선에는 군대도 필요 없
                 게 해 줬고 외교권도 경험이 많은 내가 가졌으
                 니 알아서 해 줄 테고, 근대화 시킬 힘도 없는
                 조선의 왕도 내려오게 만들었으니. (책 사이에
                 서 사진을 꺼내 보여주며) 이렇게 조선인들에게
                 친화적인 내게 그들은 왜 감사를 하지 않는
                 가? 복종을 한다면 편할 것을….

　질문을 하는 이토와 대답 없는 시종을 싣고 열차는
계속 나아간다. 열차에 매달린 일장기가 결국 바람을
이기지 못하고 떨어져 나가 열차의 후미 어둠 속으로
멀어진다.

이토 히로부미

1909년 10월 26일

하얼빈역에서 안중근이 쏜 총알이 흉부와 복부를 관통하여 사망.

일본 제국의 초대 내각총리대신. 1대 조선통감.

강제로 을사늑약을 체결 조선의 외교권 박탈, 고종 양위, 조선의 군대해산….

최재형의 집 / 낮

7개월 전

줄에 매달려 햇살 아래 반짝이는 유리잔이 총소리와
함께 박살 난다. 사격 연습을 하는 중근을 보던 최재형
과 성희가 다가온다. 마지막 하나 남은 유리잔이 바람
에 흔들린다. 중근은 더욱 집중하여 방아쇠를 당기고
이내 유리잔은 산산조각 난다.

성희   안 중장님 때문에 최 선생님 댁의 술잔들이 남
        아나질 않겠네요.

최재형   사격 솜씨 하나만큼은 안 중장이 최고인 것
        같소.

중근   고맙습니다. 선생님. 이렇게 무기들을 지원을
        해주셔서.

최재형   나야 하던 일에서 지원을 한 것뿐인데… 안 중
        장은 생각을 모으지 않았소?

중근	아직은 의군이라… 전투를 잘 할 수 있을지 모르겠습니다.
성희	그럼 직접 얘기해 보세요. 아마 기다리고 있을 겁니다.
최재형	망설이지 말아요. 우리를 설득했듯이…. (고개를 끄덕인다)

중근은 얼굴을 들며 말한다.

중근	한국의 참상을 여러분은 아십니까?

크라스키노 언덕 / 낮

모여 있는 의군들 앞에서 연설을 하는 중근. 성희와 최재형, 우덕순, 이범윤, 이강, 미하일로프의 얼굴이 보인다.

중근　　나는 일본군이 쏜 개틀링 자동총 앞에 쓰러진 황실의 군대를 보았습니다. 일본의 이토 히로부미는 러시아와 전쟁을 시작할 때 전쟁 선언에서 동양의 평화를 유지하고 한국의 독립을 굳건히 한다고 했습니다. 하지만 한국을 침략하여 5조약과 7조약을 강제로 맺은 다음 황제를 패하고 군대를 해산시키고 철도 광산 산림과 우리의 집까지도 빼앗지 않은 것이 없었으며 우리 조상의 무덤까지도 군용지로 파헤쳤습니다.

슬프게도 저 강도들은 우리를 폭도라고 몰아 토벌을 하고 참혹하게 살육을 하였습니다. 우리 강토를 뺏고 죽이는 자가 폭도입니까? 대한을 지키고 강도를 막는 우리들이 폭도입니까? 우리가 이 강도들을 죽이지 않는다면 대한제국은 없어질 것이고 동양도 말살되고야 말 것입니다.

여러분 조국을 잊었습니까? 선조의 백골과 부모와 가족을 잊었습니까? 뿌리가 없는 나무가 어디에 있고 나라 없는 백성이 어디서 살 것입니까?

우리는 비록 이국땅에서 모인 의군이지만 조국도 알고 동족도 있는 대한제국의 군인들이

일본과 전쟁을 한다는 것을 알려야 합니다. 그
러면 외국의 나라들도 우리의 독립 전쟁을 인
정할 것이며 일본을 향해 전쟁을 일으키고 동
양의 평화를 깬 국가로 심판할 것입니다.

전쟁터로 떠나기 위해 총과 보급품을 전달 받으며, 함
경도로 진공작전을 떠나는 중근과 덕순 그리고 의군들
의 모습들이 보인다.

함경북도 / 경흥 - 낮/밤

평야와 산길을 행군하는 의군들의 얼굴에 고된 시간
의 흐름이 느껴진다.

겨울 / 낮

얼음이 언 두만강을 건너는 중근과 의군들, 그중 후

미의 한 명이 지나자 강의 얼음이 살짝 갈라진다.

숙영지 / 낮

불을 피우고 식사 준비를 하며 잠시 휴식하는 의군
들. 이들의 모습을 스케치하고 있는 성희에게 중근이
다가와 따뜻한 차를 내민다.

중근　　이곳까지 따라 오지 않으셨어도 됐는데 공연
　　　　히 애를 쓰시는군요.

성희　　기사 때문에 따라 온 겁니다.

중근　　정말이세요?

성희　　(끄덕인다) 네. 기사가 곧 기록이 되겠죠.

중근　　곧 전투가 시작될 텐데 성희 기자님께서는 대
　　　　동공보사로 돌아가세요.

성희　　(미소를 보이며) 이번 전투에서 승리를 하세요.
　　　　그러면 그 소식을 가지고 돌아갈게요.

눈 쌓인 언덕을 포복으로 다가가 적진의 형태를 살피

는 우덕순과 의군 동선. 계곡 아래쪽의 마을로 일본군의 병력이 들어가는 것이 보인다.

동선　　　워매! 눈대중으로 대충 때려 봐도 저놈들 인원이 우리보다 세 배는 많은 거 같소. 워매! 저 무기허고… 워매! 말도… 허….

우덕순　　겁나나?

동선　　　(침을 삼키며) 뭐… 겁낸다기보단 피가 끓으요.

우덕순　　그럼 곧 한바탕해야지. 나는 여기서 지켜보고 있을 테니. 너는 가서 보고를 해라.

동선　　　(끄덕이며) 예.

언덕 아래로 내려가는 동선을 보던 우덕순이 다시 마을의 일본군 쪽으로 시선을 돌린다. 마을을 뒤져 사람들을 한자리에 모아 놓고는 무단으로 재물을 약탈하는 일본군. 마을 사람 중 나이가 제법 있는 노인이 나서서 말한다.

노인　　　이보시오. 그것들을 다 가져가면 우리 마을 사람들은 겨울을 넘길 수가 없으니⋯ 제발⋯.

    만류를 하자 말을 타고 있는 일본 장교가 권총을 꺼내 노인을 쏜다. 노인이 피를 뿌리며 쓰러진다.

일본 장교 (말발굽으로 위협을 하듯이 땅을 박차고) 지금 다
        들 죽고 싶은가?

    공중을 향해 총을 한 발 쏘고는 총구를 주민들을 향해 위협적으로 겨눈다.

중근의 숙영지 막사 안 / 낮

    멀리 총소리가 들린다.

동선   또 한 명을 죽였나 봅니다유. 이런 처죽일 놈
        들을⋯ 중장님! 명령만 내리 주시믄 아주 박살

을 내버릴게유.

중근   (지도를 펴고 계곡을 한 컷을 가리킨다) 저들과 싸울 곳은 여기 일테니, 다시 돌아가 우덕순에게 알리고 적들이 움직일 때 다시 보고를 해 주게.

동선   마을 사람을 더 죽일 텐디.

중근   전투는 작전이다. 지금 우리가 가지고 있는 무기로서는 적들에게 이길 수가 없으니 무조건 들어갔다가 마을 사람들과 같이 모두 죽을 순 없지 않나. 저들이 약탈을 하는 것으로 보아 보급로가 끊어진 것일 테고 저들도 지금 지쳐 있을 것이다.

계곡 강가 / 낮

중근   (속으로 생각하길) '우덕순이 후미에서 공격하면 일본군은 얼어있는 강 쪽으로 빠르게 지나가려 할 것이다. 그렇게만 된다면…'

중근은 지나왔던 계곡 아래를 살펴서 낮은 포복 자세로 다가오는 의군과 얼어있는 강으로 일본군의 병력이 이동하는 것을 보았다. 긴장하며 기다리는 중근과 의군들. 일본군이 강가의 중간쯤 들어오자 중근은 의군 형직에게 수신호를 한다. 형직은 총 끝에 맨 태극기 깃발을 번쩍 들어 올린 다음 둥글게 휘졌는다. 형직의 신호를 받은 우덕순이 이끄는 의군들이 일제히 사격을 개시한다. 일본군들이 우덕순 쪽으로 반격을 가하지만. 갑작스러운 사격에 얼음 위에서 미끄러지며 우왕좌왕한다. 일본군 장교가 강을 건너라고 명령을 하자 마을에서 빼앗은 식량들이 실린 달구지를 끌며 건너편 쪽으로 모두 이동한다. 그 바람에 일본군의 본진이 완전히 강 위에 노출되자 중근의 눈빛이 번쩍이더니 다시 한번 형직에게 신호를 준다. 형직은 총 끝에 맨 태극기 깃발을 번쩍 들어 올리며 이번엔 좌우로 크게 흔들어 댄다. 신호를 받은 강가 위쪽의 의군들이 일제히 지렛대로 바위를 밀어붙인다. 가까스로 굴린 바위는 큰 소리를 내며 강가로 떨어진다. 순간 모두 긴장한다. 하지만 얼음 주변만 갈라지자 허둥대며 서둘러 강가를 건너려는 일본군들. 중근이 자신의 총으로 건너편의 바위 숲에 아슬하게 걸려있는 바위를 본 후 가늠자를 통해 한 발을 쏘자 강가로 바위가 떨어진다. 큼직한 바위 하나가 떨어져 있는 바위를 치고 얼음 바닥으로 떨어지자 이내 얼어붙은 강이 일본군 쪽으로 빠르게 갈라진다. 균열이 달구지 쪽으로 오자 일본군은 굳은 듯 움직임을 멈췄지만 곧 얼음이 박살 나며 일본군 장교와 달구지가 물속에 빠진다. 작전이 성공하자 기뻐하는 의군들과 중근.

함경북도 영산 근처 일본인과의 격전지 /
  막사 - 낮 / 안 / 밖

막사 안

성희가 중근의 막사 안으로 들어오자 묵주를 들고

기도를 마치는 중근, 성호를 긋고 일어나 성희에게 다가간다.

중근	아직 안 떠나셨네요.
성희	전투에서 승리하셨으니 이제 출발하려고요. 근데 어떤 기도를 올렸는지 물어봐도 될까요?
중근	기사에 쓰시게요?
성희	개인적으로 궁금해서요.
중근	(미소) 평화롭게 해 달라고 올렸습니다. 모두가….
성희	밖의 포로들은?

막사 밖

일본군 포로를 가운데 두고 의군들이 둘러싸 있다. 포로 모두가 두려움에 가득 찬 모습인데 그중 장교로 보이는 켄타 한 명만이 기세가 살아 있어 보인다. 덕순은 켄타를 쓱 하고 보다가 그중 한 명을 잡아 일으키며 말한다.

덕순   자! 똑똑히 봐라 너희들이 우리 한국인들을
          어떻게 죽였는지. 왜? 남의 나라에 쳐들어와
          서 지랄들을 하나?

덕순이 칼을 포로의 목에 대고 눈을 부라리자 포로
(일본군1)가 오줌을 지린다. "우우우" 야유를 하는 의군
들. 켄타는 그런 일본군1을 불만스럽게 보며 말한다.

켄타   부끄러운 모습 보이지 말고 자결하라.

칼로 포로의 팔을 슬쩍 베어버리는 덕순. 다시 칼을
고쳐 잡고 켄타의 목에 대는데 켄타는 죽음을 각오한
듯 노려본다.

덕순   어쭈, 이 새끼가! 니가 무슨 사무라이냐? 이
          새끼야!

덕순, 칼을 높이 드는데, 성희의 목소리가 들린다.

성회　　　그만. 그만하랍니다. (다가오며) 중장님께서 포
　　　　　로들을 모두 석방을 하랍니다.

　막사 앞에서 포로들을 지켜보는 중근의 얼굴이 보
인다.

영사관 (내) / 취조실 - 낮 / 안

　취조실 테이블 위로 올려진 중근의 손, 무명지가 단지
되어있다.

타카오　　손가락은 왜 잘랐는가?

중근　　　나라에 바친 것이오.

타카오　　나라가 손가락을 바치라고 시켰는가?

중근　　　손가락을 자르고 삼 년 내에 이토 히로부미를
　　　　　사살하지 못하면 자결을 하겠다는 내 결심이
　　　　　었소.

자신을 처다보는 중근의 강렬한 눈빛에 시선을 피하며 타카오가 말한다.

타카오   자신만만하군! 자살까지도 할 결심을 했다?

중근   난 대한의 독립을 지키기 위한 전쟁을 한 것입니다. 결과는… 내가 이긴 거죠. 우리 대한도 이길 겁니다. 난 그것을 믿습니다.

타카오   (격분하며) 정말로 당신의 전쟁이 성공한 줄 아는가?

어둠 속 중근이 복도를 끌려가는 소리가 길게 들려온다.

대련 형무소 / 복도 / 암실 - 밤 / 안

끌려가는 중근의 머리 위로 형무소 천장에 매달린 갓등의 불빛이 떨어진다. 검은 두건으로 눈을 가린 중근

을 헌병 두 명이 복도 끝 쪽으로 끌고 간다. 린치를 가
한 뒤 아궁이같이 좁은 암실 문을 열고 바닥에 중근을
패대기치듯 던져 놓는 헌병. 그리고는 복도 쪽으로 뚫
린 감시 구멍을 열고 암실 안, 중근의 상태를 살핀다.
중근의 몸뚱이가 잠시 꿈틀거리다 빛 쪽으로 돌아누우
며 구멍 밖으로 흐릿하게 일본군의 모습이 보인다. 암실
안에서 천천히 눈을 감는 중근.

숲속(함경북도 영산) - 낮 / 밖

   얼굴이 온통 흙과 땀으로 범벅이 된 중근이 숲속에
서 눈뜨며 일어난다. 그 위로 들리는 총소리. 언덕 위의
풍경이 흐릿하다가 점차 선명해지면서 중근의 눈에 전
투가 있었던 참혹한 현장이 보인다. 승리를 한 일본군
들은 부상을 당한 의군을 비열하게 사살하고 있다. 중
근은 얼굴 위로 눈물처럼 흐르는 땀을 닦고는 옆에 있

던 소총에 은밀히 손을 뻗어 일본군 한 명을 조준한다. 방아쇠를 당기려는 순간, 손 하나가 쑥 하고 들어와 발사를 저지한다. 우덕순이다. 그는 강한 눈빛으로 중근을 제지한다.

> **덕순**   무모하게 목숨을 버리지 말게.
>
> **중근**   이 손 놔, 내 총에는 아직 몇 발이 남았으니 내 저놈들을 죽여버리겠어.
>
> **덕순**   제발! 그 총알, 여기서 살아서 좀 더 큰일에 쓰면 안 되겠나?

중근은 덕순의 부탁에도 재빨리 총구를 일본군들에게 겨누며 발사를 한다. 몇 발이 정확히 일본군의 머리를 관통하고 그 덕분에 위치가 노출되어 일본군의 총알이 날아온다. 사태의 위급함을 느낀 덕순이 몸을 옆으로 돌리며 중근의 총을 빼앗는다.

> **중근**   뭐 하는 짓이야.
>
> **덕순**   (총구를 확인한 뒤) 다행히 한 발은 남았네.

중근   덕순이.

덕순   나는 아직 다리가 튼튼하니 내가 유인을 할 때
        피하게. 꼭 살아남아야 하네. 친구!

덕순은 중근에게 고개를 한 번 끄덕하더니 달리기 시
작한다. 달리며 남은 한 발을 일본군을 향해 쏘는 덕
순. 덕순이 쏜 총알이 일본군 장교로 보이는 인물의 다
리를 관통하자 일본군은 전부 덕순을 쫓는다. 덕순의
모습이 중근의 시야에서 사라지며 몇 발의 총성이 들린
다. 중근은 흙바닥에 머리를 묻은 채로 흐느끼다 분노
한 듯 주먹으로 땅을 치며 몸을 일으킨다. 일어나는 중
근의 너머로 드러나는 숲의 전경, 전투에서 참패를 한
부대원들의 사체가 즐비하다. 중근은 감정에 복받친 숨
을 몰아쉰다.

블라디보스토크 / 우체국 - 낮 / 안 / 밖

러시아 여직원 너머로 전보가 들어온다. 전보용지를 받아든 여직원. 슬쩍 눈치를 보더니 밖으로 나가 기다리던 성희에게 전해 준다. 용지를 받아 보는 성희의 표정에서 사뭇 긴장감이 느껴진다. 용지를 다 읽은 성희는 탄식하듯 한마디를 내뱉는다.

> **성희**　　패전을 했답니다.

대동 공보사 - 낮 / 안

사무실 안에 모여 앉은 최재형, 이치관, 러시아 군복 복장의 이범윤.

> **최재형**　　우리 쪽 피해는 얼마나 됩니까?

성희	적의 기습공격이 있은 후 대부분 사망을 했고 남은 의군도 뿔뿔이 흩어져서… 피해 정도를 알 수가 없답니다.
이치관	(주먹으로 탁자를 치며) 지금까지 잘 싸워 왔는데.
이범윤	이번 패전의 원인은 지난번 전투에서 잡은 일본군 포로들을 안중근 중장이 만국공법이니 국제공법이니 들먹이며 풀어 준 것이 원인이었습니다.
최재형	안중근에게는 명분이 있었기 때문에 그랬던 것이 아닐까요?
이범윤	일본과의 싸움에서 무슨 명분이 있답니까?
성희	한국을 지키는 군인이기 때문에 그러셨던 겁니다.
이범윤	이성희 기자. 전투를 해보지도 않았으면서 어떻게 아시오?
성희	제가 봤기 때문입니다. 안 중장님은 비록 의군이라 해도 대한제국의 군인이라는 명분을 가지고 싸운 것입니다.

잠시 침묵이 흐른다.

최재형 살아 있어야 할 텐데.

이치관 그는 살아 있다 해도 이곳으로 오지는 않을 겁
        니다.

난감해하는 최재형에게 성희가 말한다.

성희 이곳으로 다시 오실 겁니다.

최재형, 성희를 본다.

성희 제가 보았기 때문입니다.

성희의 얼굴에는 확신이 서려 있었다.

(성희의 회상) 영산 근처 일본인과의 격전지 / 막사 - 낮

덕순이 켄타의 멱살을 잡고 늘어오고 뒤따라 성희가 들어온다.

덕순   무슨 짓인가? 포로들을 풀어 주라니?

중근   그렇게 하자.

덕순   아니 왜?

켄타의 멱살을 잡으며 덕순이 말한다.

중근   만국공법은 전쟁 중에 잡힌 포로들은 놓아 주
      는 것으로 되어 있어.

덕순   만약에 풀어준다면 이놈들은 다시 우리를 죽
      이러 올 거라고!

중근   이건 자네와 친구로서가 아니라 지금은 지휘
      관으로 명령을 하는 거네.

덕순   그럼 도대체 왜 전쟁을 하는 거야?

중근	대한의 독립을 지켜야 더 많은 사람을 살릴 수 있기 때문이네. 나라를 지키고 주권을 찾자고 한 맹세를 잊었나?
덕순	아무리 그래도. 저들에게 복수를 할 기회라구.
성희	중장님! 제 생각도 그렇습니다. 만국공법 지키자고 이들을 놓아준다면 우리 의군들 사이에서도 동요가 일어날 겁니다. 저 사람들 중에는 복수를 위해 모인 사람들이 많습니다.
중근	어느 나라가 군인들이 개인적인 감정들로 전쟁을 하겠습니까? 내가 누구입니까?
성희	대한제국 의군 참모 중장이시죠.

중근은 덕순을 본다.

| 덕순 | …알겠습니다. 근데 직접 설득을 하십시오. 우리 (한숨을 쉬며) 군인들을…. |

막사 - 낮 / 밤

덕순이 켄타를 끌고 나오자 막사 밖 의군들이 모여든
다. 이어 중근이 나오며 모여든 의군들을 쭉 훑어보더
니 말한다.

중근   우리는 비록 의군이지만 만국공법을 지키는 대
         한제국의 군인입니다. 지금 여기 잡힌 일본군의
         포로들 역시 전쟁이 싫어도 나라에서 시켜 어
         쩔 수 없는 전쟁에 나왔다가 잡힌 포로이니 만
         국공법에 의거해서 살려준다는 것입니다.

동선   뭔 소리에유 시방? 일본군은 우리 마을이며
         집을 죄다 불 질렀고 우리 딸내미까지 끌고갔
         슈. 이런 마당에 무슨 포로니께 만국머시해서
         살려 준다구유? 그냥 싹 다 죽여 버려야 혀유.

일부에서 동요가 일어난다.

중근   개인적인 복수를 원한 것이면 왜 군인이 되었
         습니까? 이 모든 것이 나라가 강하지 못해 일
         어난 일입니다.

형직	고저 나라는 저 위의 놈들이 싹 다 팔아먹고 있는 것 아이오?
동선	모르것구 난 개인적으루다가 복수를 할 거유.
형직	내도 그렇소.
중근	우린 테러리스트가 아닙니다. 싸울 수 있는 국민이 살아 있다는 것을 일본이 알게 해야 합니다. 나라는 우리 같은 민초들이 있어 나라가 되는 것입니다. 우리가 나라입니다. 한두 번 전쟁에서 승리를 하는 것보다 독립을 지킬 대한민국의 군대가 존재하고 목숨을 바치는 군인이 있다는 것을 일본뿐만 아니라 전 세계가 알아야 합니다.

중근의 설득에도 몇몇 의군들은 동요가 가라앉지를 않는다.

동선	멀리 알릴 필요두 없구유 저놈들이 먼저 시작한 싸움이니께 죽더라도 끝을 봐야쥬. 다들 안 그래유?
성희	잠시만요. 그럼 저들에게 물어봅시다. (일본군에게 말한다) 당신 나라의 왕은 분명히 독립을

보장하겠다고 약속을 했는데 왜 싸움에 나선
것이오?

　성희의 질문에 일본군 포로들이 서로 눈치를 보다가
안경을 쓴 일본군2가 입을 연다.

　　일본군2　(안경을 올려 쓰며) 이것은 천황폐하의 뜻이 아
　　　　　　니라 이토 히로부미의 생각입니다. 여기 있는
　　　　　　일본군들도 누가 전쟁에 나가고 싶겠습니까?
　　　　　　(눈치 보며) 안 그렇습니까?

　켄타의 얼굴 위로 대화가 이어진다. 성희는 사이에 서
서 서로의 말을 통역한다.

　　일본군2　저도 학생들을 가르치다 끌려 나왔습니다. 여
　　　　　　기에 참전을 한 대부분의 군인들도 몇몇의 권
　　　　　　력자들의 탐욕으로 시작된 타국에서의 싸움
　　　　　　에 목숨을 바치는 의미 없는 죽음보다 평화를
　　　　　　원하고 있습니다.

　　중근　　(다가가 앉으며) 그럼, 살려 준다면 당신들은 일
　　　　　　본으로 돌아가 지금 일본이 벌이고 있는 이 전

쟁의 무모함에 대하여 알리고 투쟁을 할 수 있
겠소?

일본군2   (잠시 망설이다가) 더 많은 무모한 희생을 막도
록 목숨이라도 걸겠습니다.

중근   (알아듣고) 알겠소.

중근 일어서서 켄타 앞에 선다.

중근   당신도?

켄타는 말을 하지 않고 중근의 시선을 외면한다.

중근   여기 동료들이 당신을 살린 것이오.

일렬로 서서 고개를 숙이고 있는 일본 포로한테 덕순
이 다가간다.

덕순   (켄타에게 총을 돌려주며) 아! 너도 느네 나라를
지킬 때나 써먹어라. (총알을 떨어뜨린다)

치열했던 전투의 현장을 떠나는 중근의 부대원 모습이 멀리 보인다. 그 위로 중근과 성희의 대화 소리가 들린다.

성희   일본과 싸우는데 꼭 명분이 있어야 한다고 생각하세요?

중근   성희 씨는 왜 싸우십니까?

성희   일본에 모든 것을 몰수당했어요. 그때 제 꿈까지 빼앗겼죠. 꿈은 포기할 수 있어요. 근데 찾으려고 해도 안 되는 것이 있더라고요. 일본군 때문에 돌아가신 부모님… 그러고 보니 저도 개인적인 복수에서 시작을 했네요.

중근   나는… 대한의 미래를 봤어요. 일본의 보호를 받기를 원한다며 주권을 내어준 나라, 힘이 없어서 조롱거리가 되어 버린 나라, 마지막 황실의 군대마저 없애고 나중에는 이름도 없는 식민지, 그런 나라에서 살아갈 모습들을 떠올리니 정말 화가 나더군요.

멈추는 성희, 걸어가는 중근의 뒷모습에 질문을 던진다.

성희   우리가 할 수 있을까요? 이런 식으로 싸운다
       면 일본에 이길 수 있을까요?

중근   나라를 완전히 잃어버리기 전에… 할 수 있는
       것은 다 해야죠. 우리가 할 수 있는 일을 다 해
       야… 이 다음 후손들에게… (말을 잠시 멈추고
       성희를 보며) 이놈들, 너희 할아버지 할머니가
       얼마나 이 땅을 지키려고 애썼는지 아느냐?
       (미소 짓는 중근) 하고 얘기할 수 있겠죠.

대동 공보 - 밤 / 안

  과거를 생각하며 기사에 넣을 삽화를 그리고 있는 성
희. 최재형이 퇴근을 준비하다가 성희에게 다가온다.

최재형   이번 신문에 들어갈 삽화군요.

성희   네. 안 중장님이 전투에서 승리했을 때에요.
        (미소지며) 일종의 부적이 되었음 해서요.

최재형   부적?

성희   음… 소식을 모르니 그리워지네요…. 야 스쿠
        체 포트베.

최재형   모두의 그리움들이 쌓인 만큼 좋은 소식을 기
        다려야죠.

숲 - 낮 / 밤

  숲을 달린다. 누가 쫓아오지도 않는 숲을 중근은 미
친 듯 달리고 있다. 가슴은 뛰고 숨이 끊어질 것 같지
만 가슴속 불덩이들을 잠재우기 위해 중근은 달리는 것
이다. 바위에 채여 넘어지고 나뭇가지에 걸려 옷과 살점
이 찢겨 떨어져 나가도 육체의 고통쯤은 오히려 그가
지금 살아 있다는 것의 번뇌처럼 느껴질 뿐이다.

  턱까지 차오른 숨에 못 이겨 배 속에 든 것을 모두 토
해 버리고 개울가에 죽은 송장처럼 쓰러질 때가 돼서야
중근은 달리는 것을 멈출 수 있었다. 쓰러진 중근의 눈

가로 눈물이 흐른다. 천천히 일어나 흐르는 물에 비친 자신의 모습을 보는 중근, 숨을 몰아쉬며 계곡물에 머리를 처박고 한없이 들이킨다. 다시 물속에서 머리를 든 중근이 자신의 모습을 내려다보며 말한다.

> **중근** 꼭 살아라. 꼭 살아… 지금은 죽을 때가 아니다….

비로소 정신을 차리자 자신의 상처들이 보인다. 옷을 찢어 묶고는 생각에 잠긴다.

광야에서- 낮 / 밤

중근은 눈 쌓인 계곡을 오른다. 계곡 위 병풍처럼 펼쳐진 가파른 절벽을 기어오르는 도중 미끄러져 굴러떨어진다. 바위에 머리를 부딪치며 잠시 혼절을 하지만 이내 정신을 차리고 다시 오른다.

산의 정상 - 낮 / 밖

능선을 타고 올라 산의 정상에 섰을 때 그의 눈 안에 펼쳐진 조국의 설원이 눈이 시리도록 아름답다. 눈물이 난다.

두만강 근처 - 밤 / 밖

두만강 위로 별빛이 쏟아져 내린다. 멀리 보이는 산 그림자들이 그를 호위하듯 거대하게 다가온다.

숲속의 동굴 - 밤 / 안 / 밖

동굴 속으로 들어가 벽에 몸을 기대고 동굴 밖에 쏟

아지는 달빛을 보다가 동굴 쪽으로 돌아누우며 잠이 드는 중근, 깊은 잠 속으로 빠져드는 중근에게 들리는 빌헬름 신부의 소리.

    빌헬름   이 녀석아!

중근의 꿈 - 낮 / 안

빌헬름 신부의 방

빌헬름 신부와 마주 앉는다.

    빌헬름   오늘, 고해성사는 못 받아준다.

    중근   허! 신부님께서는 지금 하느님께서 주신 의무를 버리시는 거죠?

    빌헬름   의무?

중근   네에~ 의무죠.

빌헬름   니 의무는?

중근   네?

빌헬름   사냥이냐 공부냐?

중근   그야 뭐….

빌헬름   하고 싶은 것만 하는 것이 네 의무냐? 요즘 왜
        공부를 게을리하느냐?

중근   일본말을 배우는 자는 일본의 종놈이 되고 영
        어를 배우면 영국의 종놈이 될 테고, 그리고
        프랑스… 음… (빌헬름의 눈치를 보며) 프랑스어
        를 배운다면….

빌헬름   내가 프랑스 사람이고 프랑스어를 가르치려
        한 것이 너를 종놈으로 만들려 했다는 거냐?

중근   아뇨! 오해이십니다. 신부님은 아니시죠. 그런
        데 신부님! 우리 한국이 세계에 세력을 떨친다
        면 세계 사람들이 한국말을 쓰게 되겠죠?

빌헬름   그래서 공부하기를 멀리한다는 거냐?

중근   (끄덕인다) 네.

빌헬름   오. 하느님! (못 참고 한 대 치려 다가가며) 제가

저 어리석은 녀석에게 세례를 주었답니다. 이
거 참! 물러 달라고 할 수도 없고.

중근 (피해 다니며) 신부님께서 그런 생각을 하시면
벌 받으십니다.

빌헬름 왜?

중근 원수를 용서하라. 아니 성경에서는 원수도 사
랑하라고 쓰셨던가요? 하여간에 신부님과 의
견이 좀 안 맞는다고 맨날 물러 달라 하시면
벌 받는 일이죠.

빌헬름 (멈추며) 야! 토마스, 넌 도대체 삶의 신조가 뭐
나?

중근 첫째는 친구들과 의리를 맺는 것이고, 둘째는
술 마시고 노래하고 춤추는 것이고, 셋째는 총
으로 사냥하는 것이고, 넷째는 날쌘 말을 타고
달리는 것이죠.

빌헬름 휴.

중근 그게 뭐 나쁜가요?

빌헬름 그럼 너희 나라가 지금 일본에 먹힐 판인데 너
같은 놈이 그러고 다니는 것이 옳은 일이냐?

중근 아버님하고 그렇게 말씀하시기로 짜셨어요?

(빈정거리듯) 아! 그러셨구나. 그래서 아버님께서 편치 않으신 몸으로 상해를 가신다고 하신 거구나.

빌헬름　넌 어쩌면 그렇게 아버지와 생각이 다르냐?

중근　또 그러신다. 아버님과 저를 비교하지 마시라니까요. 비교하실 것이면 저는 이만 물러가겠습니다.

빌헬름　토마스, 너는 러일 전쟁에서 일본이 승리를 한 다음에 생길 문제들에 대해 생각을 해 본 적이나 있냐?

중근　신부님, 저도 한국 사람입니다. 그런 문제에 대해서도 밤새워서 친구들과 얘기를 나눴죠.

빌헬름　같이 몰려다니는 포수들과 말이냐?

중근　네, 친구들. 그들이 의리 하나는 끝내줍니다.

빌헬름　술이나 마시며?

중근　술이 무슨 잘못입니까? 술이란 것은 토론과 의사소통에는 최고입니다.

빌헬름　그럼 네 의견을 얘기해 봐라.

중근　서양과의 싸움에서 일본이 승리를 한 것은 동양의 승리라고 볼 수 있으니 조선의 입장에서는 차라리 잘된 일 아니겠습니까?

빌헬름 멍청한 녀석, 일본도 그렇게 생각하겠느냐?
(책상에서 책을 가져오며)

중근 아니. 신부님! 우리와 청국의 도움으로 승리를 한 것이니 당연히 그렇게 생각하니까 뭐 보호도 해 준다 그러는 것 아니겠습니까?

빌헬름 지금 조선에 들어와 있는 이토 히로부미 통감이란 작자가 쓴 극동 평화론을 알고나 있느냐?

중근 들어본 적은 있는데, 읽지는 못했습니다.

빌헬름 (극동 평화론을 던지듯 주며) 지금 돌아가는 극동의 정세가 그 작자의 생각처럼 흘러가는 듯 싶다.

중근 어떻게요?

빌헬름 조선이 일본의 식민지가 될 수도 있다. 아니 된다고 봐야지.

중근 신부님! 우리가 독립된 국가라는 것에 대해서는 일본의 왕도 인정을 한 부분인데, 제아무리 이토 히로부미가 뛰어난 인물이라 해도 그런 문제는 지 마음대로 할 수가 없는 것이 아닙니까?

빌헬름	그가 지금 일본 왕의 아버지 효명천왕도 죽였
	는데 지금 일본의 왕은 그 앞에서는 허수아비
	밖에는 더 되겠느냐? 내일까지 그 책을 읽고
	와서 고해성사를 하도록 해라.

돌아서서 가는 빌헬름의 뒤에 대고 중근이 말한다.

중근	(장난치듯) 신부님, 고해성사는 정말 해주시는
	거죠?
빌헬름	이놈아! 내가 아니면 너 같은 놈한테 어떤 골
	빈 신부가 기도를 해주겠냐!
중근	(웃으며) 네. 아멘.

중근의 집(꿈) - 낮 / 밖 - 밤 / 안

낮

툇마루에 벌렁 누워 이토 히로부미가 쓴 극동 평화론을 읽고 있는 중근. 마당 앞, 어머니가 아버지를 산책시키시다가 중근을 본다.

밤

바느질을 하고 있는 아내 앞에 앉아 이토의 동양평화론을 진지한 자세로 읽던 중근이 책을 덮으며 긴 한숨을 내쉰다.

아내	(걱정스러운 듯이) 무슨 일 있으세요? 하루 종일 그 책을 몇 번씩 읽으시고….
중근	마음이 답답해져서 그래요.
아내	막걸리라도 받아 올까요?

중근	아닙니다. 그동안 책을 놓고 사냥만 다니다 보니 내가 주변에 대하여 너무 어두웠던 것 같아요.
중근	부인, 내가 한심해 보이죠?
아내	많이 혼나셨어요?
중근	(빙긋 웃으며) 네. 혼났어요. 부인! 내가 뭔가? 할 수 있겠죠? 아버님과 신부님도 날 그렇게 보신 거겠죠? 내가 무엇을 할 수 있을까요?
아내	이곳에서 답답해하지 마시고 한성에라도 좀 다녀오시죠.

한성 거리(꿈) - 낮 / 밖

한성 거리에 한 무리의 사람들이 모여 있다. 황성신문 사로 쳐들어가려는 일본군과 순사와 이들을 막는 젊은 이들이다. 황성신문사 안에서는 장지연이 날카로운 펜 촉으로 원고지 칸 위에 시일야방성대곡의 일부를 써 내려가고 있다. 글의 내용은 다음과 같다.

"슬프도다. 저 개돼지만도 못한 소위 우리 정부의
대신이란 자들은 자기 일신의 영달과 이익이나 바
라면서 위협에 겁먹어 머뭇대거나 벌벌 떨며 나라
를 팔아먹는 도적이 되기를 감수했던 것이다."

　장지연의 안경 위로 원고지가 하얗게 비친다. 문소리
가 들리고 장지연이 고개를 들자, 들이닥친 일본 순사들
의 모습이 안경에 담긴다. 장지연이 순사한테 끌려나가
고 방안에는 원고지 위로 떨어진 안경만 남아 있다.
　신문을 뿌리는 청년과 이를 받아 읽는 거리의 사람
들, 신문을 압수하는 일본 순사들, 뜻있는 조선의 젊음
이 반항을 하면 구타로 이어진다. 신문사 입구에는 출
입금지 전단이 붙고, 떨어진 간판과 집기와 서적, 남은
신문들이 불태워진다. 일본 순사들에게 끌려 나오는 장
지연 주필의 모습. 그 모습을 지나가는 마차 안에서 바
라보는 이토 히로부미. 잠시 머리를 빼어 장지연 주필의
비명과도 같은 고함 소리를 듣는다.

장지연	당신들이 강제로 맺은 5조약으로 우리 한국뿐
	만 아니라 동양 삼국이 분열을 빚어낼 것이 뻔
	한데 그렇다면 이등 후작의 본뜻이 어디에 있
	었던가? 을사조약은 4천 년의 강토와 5백 년
	의 사직을 남에게 들어 바치고 2천만 영혼이
	살아 있는 백성들로 하여금 남의 노예 되게 하
	였으니 원통하고 분하다.

마차를 타고 비웃듯 지나가는 이토. 끌려가는 주필과 그 너머 경찰에 의해 해산당하는 군중들 사이로 홀연히 서 있던 중근은 찢기고 떨어진 신문들을 차곡차곡 집어 든다. 그 위로 '탕!'하고 들리는 총소리.

남대문(숭례문) / 훈련원 (꿈) - 낮 / 안 / 밖

마치 총소리를 들은 것처럼 놀라는 중근의 큰 얼굴 뒤로 흐릿하게 보이는 남대문이 마치 먹구름이 몰려오는 것처럼 중근의 뒤쪽에서 덮치듯이 다가온다.

훈련원

조금 열린 문틈 사이로 무장해제를 당하고 있던 조선 황실의 마지막 군인들이 한 발의 권총 소리에 뛰어 들어온다. 자신의 머리에 권총을 쏘고 자살을 한 1대대장 박승환이 쓰러지며 피를 흘린다. 군인들은 박승환을 끌어안으며 그가 마지막 남긴 유서를 집어 든다. 유서를 들고 뛰어나간 군인 완준.

> 완준 박승환 대대장님께서 자결을 하셨다. 이것이 그분의 유서이다. (절규하듯 유서를 읽는다)"군인으로서 나라를 지키지 못하고 신하로서 충성을 다하지 못했으니 만 번 죽은들 무엇이 아깝겠는가."

울분을 토해내며 말을 잇는 완준.

완준   이대로 우리 황실의 군대마저 짓밟힐 순 없다!

군인들의 오열은 분노로 바뀌고 일제히 달려 나간다. 거리 일각 일본군을 피해 몸을 숨기는 안중근. 그 위로 들리는 개틀링 자동 소총의 소리, 황실의 군인들이 목숨을 걸고 필사적인 항전을 하지만 남대문 위로 설치된 일본군의 개틀링 자동 소총 앞에 속수무책으로 쓰러진다. 거리가 피로 물들고 날아오는 총탄에 어찌할 줄 모르며 절규하는 중근….

성당(꿈) - 낮 / 안

안태훈의 장례미사. 안태훈의 영정 앞에 절규하며 기도를 올리는 중근의 모습 위로 들리는 안태훈의 목소리.

안태훈   무엇을 보았느냐?

청계동천 / (꿈속의 회상)- 낮 / 밤

계곡 바위에 청계동천이라고 쓰여 있다. 그 너머 아버지 안태훈과 걷고 있는 중근. 현재의 의군 복장인 중근, 아버지는 하얀 한복(훗날 중근이 입게 될 수의)을 곱게 입고 있다.

중근   4천 년 국민정신이 하룻밤 사이에 홀연 망하고 우리 2천만 동포가 노예가 되어! 살았는가, 죽었는가?
        신문사 주필이 끌려가며 외치던 소리를 들었습니다. 그런데 그렇게 외쳤던 소리가 힘없이 밟히고 불태워지는 것도 보았습니다. 마지막 황실의 군인은 자결을 했고, 이 나라의 충신들은… 감옥에 갇히고 고문을 당했습니다. 오늘 대한제국의 군대들이 사라지는 것을 보았습니다. 피를 흘리며 조국을 위해 죽어가는 군인을 보았지만, 전 아무것도 할 수가 없었습니다.

안태훈　모두가 알지 못하고 배우지 못해 나라를 잃게 생겼구나. 지금까지 말하기를 즐기고 사냥을 좋아했던 응칠이 보다 입과 생각을 무겁게 하란 뜻에서 중근이라는 이름으로 큰 뜻을 이루기 위해 살 거라. 훗날 네가 큰 뜻을 이루고 다시 고향으로 돌아왔을 때 다시 응칠이로 부르마.

중근, 눈을 들어 하늘을 본다. 하늘 위로 총구 하나가 불쑥 들어온다.

다시 동굴 - 낮 / 안

눈을 뜨는 중근. 일본군 복장을 한 이가 총 끝으로 툭툭 치며 중근을 깨우고 있다. 두 명의 일본군은 동굴의 입구를 가로막고 있어 실루엣으로 얼굴은 알아볼 수

가 없다. 일어나려 몸을 돌리는 중근의 얼굴에 난감함
이 스친다. 몸을 돌리며 옆에 보이는 돌멩이라도 집으려
는 순간.

> **형직**　혹시, 안 중장 아이오?

중근, 돌멩이를 내려놓으며 급히 몸을 일으킨다. 중근
의 앞에 몸을 구부리며 일본군 모자를 벗는 군인 둘,
비로소 얼굴이 보인다.

> **동선**　(퉁명스럽게) 살아계셨구먼….

시간이 지나 모닥불이 피워져 있고, 동선과 형직이
쥐, 뱀, 개구리를 구워서 가져와 중근의 앞에 앉는다.

> **형직**　이 동무가 원래 땅꾼 출신이다 보이 고저 먹을
> 것은 아주 잘 찾슴다.
>
> **동선**　(퉁명스럽게) 먹을 만할겨유.
>
> **중근**　내게는 너무 과분한 음식인데… 내가 먹을 자

격이나 있을지 모르겠네.

형직   음식 앞에 놓고 자격 따지면 아들이 욕한다 아
입니까. 자자 동지들끼리 차별 없이 먹는 깁니
다. 고저… 어떤 것 먼저 드시겠슴까? (쥐를 집
어 든다)

동선   (손을 툭 치며) 비암 드슈.

형직   간나세끼야! 양을 봐라 이게, 이게 더 든든하
지 안캇니? 쉐끼….

동선   (빈정거리듯) 그려, 맞어. 근디 기력을 찾는딘
이놈만 한 게 없응께 꼭꼭 씹어 잡숫고, 살아
나가실 생각이나 하셔유.

중근   …고맙네.

동선   (한심하듯) 그츄? 고맙쥬?

중근   살아남아 줘서.

동선과 형직이 중근의 말에 서로 눈치를 본다. 형직이
음식을 내려놓으며 말을 꺼낸다.

형직   (서로 눈치 보며) 사실 내래 이 동무랑 그 일본
군 아세끼들에 그 두두두두 하고 쏘아대는 자

동총을 보고 겁먹고서리 도망 쳤시야요.

동선   먼 소리여… 도망은 무슨….

형직   고저...중장님께서도….

중근   (침묵을 하고 있다가) 나도… 도망을 쳤네.

동선   (멱살을 잡으며) 이눔아. 니가 그러고도 대장이
여? 기껏 목숨 바쳐 잡은 일본 놈들을 죽이지
도 못하게 허고 무슨 썩을 놈의 만국법인지 세
계법인지 귀신 씨나락 까먹는 소리를 해대더
니 잡은 놈들을 풀어주고 또 그놈들 헌티 도망
치구, 이 지랄을 하는 신세가 됐냐 썩을 눔아.
(총을 들어 겨누며) 나는 나는 무식해서 몰러!
내 땅 뺏고 부모 죽인 놈들헌티 똑같이 해주
려고 의군에 들어왔는디….

동선을 말리며 형직이 말한다.

형직   이보게, 그만하라. 아무리 그랬어도 이 사람이
래 원수는 아이잖나! (중근에게) 이보시오. 우
리네는 고향으로 갈 겁니다. 전쟁터에서 목숨
부지했으니 동무도 고향까지 질기게 살아서
가시오.

동선   (일본 군복을 벗어 중근 앞에 던지며) 딱 어울릴
　　　　　　거유! 울화가 치밀구 냄새가 나서 못 입것네.

형직은 동선을 데리고 동굴 밖으로 향한다.

갈대숲 - 낮 / 밤

　겨울 칼바람이 불어오는 갈대숲을 지나오는 중근의
모습.

산길 / 들길 - 낮 / 밤

　다 떨어지고 남루해진 옷차림으로 길을 걷고 있는 중
근. 들길을 걸어오다 지나가는 중국 농민에게 길을 묻기

도 한다. 어느 시골 마을로 들어서서 쓰러져 가는 낡은
집의 담장을 막 돌아서는데 한 무리의 일본군이 집안의
물건을 약탈해 간다. 몸을 숨기는 중근. 일본군들이 약
탈한 물건을 실은 마차가 중근의 옆으로 지나가는데 마
차 위로 보이는 몇 구의 시체. 시체를 보는 순간 중근의
눈에 분노가 차오른다. 시체들 사이로 동선과 형직의
죽음이 보인다. 고함이 새어 나올 것 같은 자신의 입을
틀어막으며 분노하는 중근.

황혼 녘의 황무지 - 석양 / 밖

　모래바람이 분다. 계속하여 걸어간다. 돌부리에 채어
넘어졌다가도 무감각하게 일어나 모래바람 일어나는 황
무지 벌판을 계속 걷는 중근. 길에 쓰러져 잠이 든다.
거칠어진 그의 얼굴 위로 모래바람이 지나간다.

연해주의 농가 - 낮 / 밖

중국인 소녀가 여물통에 음식을 쏟아붓고 간다. 마구
간 뒤에서 나타난 중근이 여물통을 뒤져 먹을 만한 채
소 찌꺼기와 감자를 꺼내 먹는다. 모처럼 배를 채운 탓
인가 잠시 기댄 건초 더미 위로 쏟아지는 햇살이 좋다.
기대었다 잠이 든다. 소녀가 살금살금 다가와 잠든 중
근을 살핀다. 소녀의 눈에 비친 중근의 몰골은 초라하
기 그지없다. 신고 있던 군화는 다 떨어져 발가락이 훤
히 드러나 있고, 떨어진 군복 사이로 드러난 맨살은 때
가 딱지처럼 붙어 있다. 씻지 못한 얼굴에는 덥수룩한
수염에 먼지들이 말라붙어 있다. 나뭇가지로 살짝 얼굴
을 건드려 보는데 움직임이 없는 중근. 소녀는 조금 더
용기를 내어 중근에게 다가가 이번에는 손끝으로 건드
려 보려고 하는데 갑자기 중근이 소녀를 잡아채더니 순
식간에 입을 막는다. 중근은 소녀에게 조용히 해 달라
는 사인을 보내고 소녀가 끄덕이자 소녀의 입을 막았던
손을 천천히 내린다.

중근	미안하다.
소녀	말이 먹는 건데요.
중근	아저씨가 꼭 살아야 해서 먹었어.
소녀	배가 많이 고파요?

중근은 소녀의 말을 알아듣기나 한 것처럼 끄덕인다. 소녀는 중국어로 중근은 한국어로 말했지만 서로의 말을 이해한 것처럼. 잠시 후, 소녀는 집안에서 감자 몇 알을 들고나와 중근에게 전해 준다. 중근은 두 손으로 소녀가 준 감자를 받아 들고는 마을의 언덕을 내려간다. 그 위로 비가 내리기 시작한다. 초원을 걷는 중근의 얼굴에 물기가 맺힌다.

자작나무 숲 - 낮 / 밤

숲 위로 쏟아지는 비를 얼굴로 함께 맞으며 소리를 질

러 본다. 가슴 속 울분을 토해내려고 소리를 지른다. 중
근의 소리가 빗소리에 묻혀 아득하게 들린다.

대동 공보사 앞 - 새벽 / 밖

　　걸어오는 성희, 공보사의 문을 열고 들어가려는데 대동
공보사 옆의 길가 쓰러져 있는 남자를 발견하고는 다가가
몸을 흔든다. 힘겹게 깨어나는 남자는 중근이다.

　　성희　　　(놀라며) 안 중장님!

대동 공보사 - 낮 / 안

　　급히 문을 열고 들어오는 우덕순.

덕순　　중근아!

　중근은 지친 몸을 일으키지도 못하며 힘겹게 고개를
돌려 덕순을 본다. 중근의 눈가에서 눈물이 비친다. 덕
순은 중근을 끌어안는다.

덕순　　살아 있었구나.

　중근, 덕순을 보며 끄덕인다. 둘이 마주친 시선 사이
로 뜨거운 우정이 보인다.

고려인 국수집 - 밤 / 안

　몇 그릇째 국수 그릇을 비우고 있는 중근을 보고 있
는 덕순과 성희. 노파가 국수 그릇을 놓으며 염려가 된
다는 어투로 말한다.

노파	오래 굶었다 먹으면 탈 날 텐데. 괜찮것수?
중근	네. 두 달 가까이 비워 두었더니 들어갈 곳이 많네요.
노파	이거까지만 들어요. 괜히 음식 탐하다가 클 나 겠네.

성희는 정신없이 먹는 중근을 보다 못해 말리려 하지만 중근은 그릇을 잡으며 말한다.

중근	이것까지만…. (계속 퍼 넣는다)

공원 / 거리 - 밤 / 밖

밤길을 걷고 있는 세 사람.

중근	난 네가 죽은 줄만 알았다.
덕순	붙잡혔었지. 이제 죽었구나 했는데 지난번에

우리 포로였다가 풀어준 안경쟁이 그놈이 거
기 있더라. (피식 웃으며) 운 좋게도, 열차를 타
고 가다 뛰어내렸는데 이곳에서 멀지 않은 곳
이었어.

성희   우린 안 중장님께서 전사하신 줄 알았어요.

갑자기 구토 증세를 느낀 중근이 길옆으로 뛰어가 먹
은 음식물을 토한다.

덕순   괜찮은가?

중근   내 고집이 또 화를 불렀군, 아깝게. (몸을 세우
고 성희를 보며) 나는 죽을 수가 없었죠.

걱정스럽게 중근을 보는 성희의 눈에 무거운 중근의
얼굴이 담긴다.

암실 - 낮 / 안

감시 구멍이 열리면 암실 안으로 들어가는 빛줄기 너머로 안중근이 일어나 앉는다. 중근의 얼굴은 초췌해졌지만, 어둠 속에서도 눈빛만큼은 빛이 난다. 다시 닫히는 감시 구멍.

여순 형무소 - 낮 / 안

형무소 복도를 지나가는 지바. 암실 쪽 통로로 들어가려는데 막아서는 헌병.

지바   이곳은 우리 관할이오. 감금된 안중근의 상태를 좀 봐야겠습니다.

헌병   일본 상부에서 하는 일이니 관심 갖지 마시오.

지바   아직도 재판이 남았고 조사가 진행 중인 인물인데 무조건 암실에 가둬 둘 수는 없습니다.

들어가려는 지바의 멱살을 잡는 헌병.

헌병   이 새끼가? 지금 일본의 군인으로서 이토 공
        을 죽인 조선놈을 동정하는 거냐?

암실 - 낮 / 안

습기로 번들거리는 바닥에 석상처럼 앉아 있는 중근.
중근의 귀 쪽으로 사각거리는 소리가 들리고 중근은 가
만히 손을 들어 바닥 위로 지나가는 벌레 한 마리를 순
간 잡아챈다.

중근   이곳에서는 네가 나를 살리는구나.

벌레를 입에 넣고 우물거리며 씹는 중근. 그 위로 지
바의 목소리가 들린다.

지바   일주일째입니다.

대련 형무소 안중근의 독방 - 낮 / 안

 창밖으로 형무소 담장이 보인다. 담장 밖으로 보이는 대나무 숲 위로 바람이 지나간다. 그 위로 들리는 지바의 목소리를 쫓아 독방 안을 둘러보면 방 안에는 안중근의 글과 지필묵으로 가득 차 있다. 지바의 앞에는 형무소 소장 구리하라 사다키치(이하 구리하라)가 안중근이 써 놓은 한시 한 점을 들고 읽고 있다.

지바   더 이상 암실에 감금시킬 수는 없습니다. 소장님께서….

구리하라   상부의 명령이니 할 수 있는 일이 없네. 왜 미조부치 타카오 검사가 안중근의 사건을 맡았겠는가?

지바   하지만.

구리하라 (보던 글을 지바에게 전해 주며) 동양의 평화를 위해 일본이 정책을 고치지 못한다면 후회할 일이 생긴다. 자신에게 일어날 일들을 미리 알면서도 일본과 중국까지 걱정하는 글일세. 여기 글들이 자신이 살기 위해 쓴 글 같나?

東洋大勢思杳玄 (동양대세사묘현)
有志男兒豈安眠 (유지남아기안면)
和局未成猶慷慨 (화국미성유강개)
政略不改眞可憐 (정략불개진가련)

지바 그럼 소장님께서는?

구리하라 만약 안중근을 사형시키지 않는다면 그때는 일본이 변화하는 것이겠지만 갑자기 암실에까지 가둔 것을 보면 일본의 변화를 기대하기는…. (머리를 가로저으며) 재판이 진행 중일 때 왜 암실에 가두었겠나?

하얼빈역 / 카페 - 낮 / 안

중근이 거사 직전에 앉아 있던 카페

카페의 여주인 얼굴 위로 들리는 타카오의 목소리.

타카오　　그가 얼마 동안이나 이 자리에 앉아 있었죠?

여주인　　한 시간쯤 앉아서 커피를 마신 걸로….

타카오　　수상한 행동은?

여주인　　아뇨, 오히려 평온해 보였어요.

타카오　　평온해 보였다고요.

여주인　　네. 그래서 기억을 할 수가 있어요. 그날은 행
　　　　　사가 있어서 주변이 많이 소란스러웠거든요.

타카오 담배를 피워 물고 연기를 길게 뱉는다.

타카오　　평온했다. 따로 만나는 사람은 없었소?

여주인　　없었던 것 같았어요.

카페 안으로 시끄러운 손님 서넛이 들어온다.

잠시 자리에서 일어나는 여주인, 생각에 잠긴 타카오
의 얼굴 위로 여주인이 말한다.

　　여주인　　아! 잠시 나갔다 왔어요.

타카오의 시선이 과거를 회상하는 여주인의 얼굴을
향한다.

카페(과거의 장면) - 낮 / 안

서 있는 여주인의 얼굴 위로 들리는 중근의 소리

　　중근　　잠깐 나갔다 올 테니.

중근의 앞에 서 있는 여주인.

중근   치우지 말아 주세요. (살짝 미소가 스친다) 커피
　　　　가 아직 남았네요.

　　자리에서 일어서서 나가는 중근, 그 위로 들리는 여
주인의 소리.

여주인   그리고….

화장실 - 낮 / 안

　　브라우닝 권총에 장전된 총알을 확인하는 중근. 호흡
을 가다듬으며 거울에 비친 자신의 모습을 향해 겨눠본
다. 처음에는 머리에 겨누었다가 천천히 가슴 쪽으로
내리며 말한다.

중근   머리보다는… 가슴에 하나, 둘, 셋.

세심하게 확인을 한 중근은 권총을 품속에 넣고 화장
실을 나선다.

하얼빈역 / (과거) - 낮 / 안 / 밖

카페의 중근이 남기고 간 커피잔 너머로 역사로 향하
는 중근. 인파에 묻혀서 역사 안으로 들어간다. 환영 인
파 사이로 이토 히로부미가 보이고 의장대 쪽으로 조금
씩 다가가는 중근. 음악 소리가 고조되는 가운데 기록
영상을 찍기 위해 돌아가는 젬마이 카메라. 중근의 시
선 안에 이토의 모습이 군중들 사이로 들어오자 따라
들어간다. 중근의 귀에는 아무 소리도 들리지 않고 눈
은 공중을 나는 새의 날갯짓이 선명히 보일 정도로 청
명하다. 주변의 모든 사물의 움직임도 느리게 흘러간다.
의장대 쪽으로 천천히 다가오는 이토. 이토의 모습이
의장대를 사이에 두고 중근과 평행을 이루자 선명하다.

이토다. 중근은 자신의 옷, 심장 아래 감춰진 브라우닝 권총을 꺼내 순식간에 탕! 탕! 탕! 세 발을 당긴다. 가슴과 복부에서 피가 튀고 쓰러지는 이토, 하얼빈 역사가 아수라장이 된다. 떨어진 일장기 위로 이토의 피가 뿌려지고 중근은 이토의 뒤를 따르던 세 명의 일본 관료를 향해 방아쇠를 당긴다. 갑작스러운 상황에 정신이 나가서 멍하게 바라보는 러시아 헌병에게 다가간 중근이 천천히 총을 건네주고는 쓰러지는 이토의 모습을 보며, 천천히 품에서 태극기를 꺼내 외친다.

중근   꼬레아 우라. 꼬레아 우라. 꼬레아 우라.

영사관 타카오의 임시 집무실

벽면 비치는 흑백의 화면 속 "꼬레아 우라!"를 외치는 중근의 모습이 무음으로 보이고 러시아 헌병들에 의해 체포당하는 모습이 보이다가 영사기에 걸린 필름의 마지막 부분 램프를 지나가자 하얀 불빛만이 벽면을 비춘다. "탁, 탁" 거리며 필름의 끝자락이 영사기 램프를 때리며 돌아간다. 잠시 생각에 잠긴 타카오. 암막 커튼을 열어젖히고 창밖을 내다본다.

　　　타카오　　　(중얼거리듯) 꼬레아 우라? 무슨 짓인가…?

　영사기에 걸린 필름 소리가 "탁! 탁! 탁! 탁!" 들리며 그를 과거 속으로 데리고 간다.

대련 / 거리

　도로 위로 내딛는 인력거꾼의 굵은 장딴지. 대련 시내로 달려오는 인력거 안에서 서류를 보고 있는 타카오. 보던 서류 한 장이 달리며 들어온 바람에 날아간다. 급정거하듯 인력거가 멈추고 타카오가 인력거에서 내리자, 인력거꾼이 숨을 몰아쉬며 말한다.

인력거꾼   늦는 건 내 탓 아니요.

내리는 타카오 앞으로 어느 거지 소녀가 재빨리 서류 종이를 집어 들고 달려와 타카오에게 준다. 종이를 받은 타카오가 소녀에게 주머니에서 돈을 꺼내 준다. 종이를 들고 인력거로 다가온 타카오가 말한다.

타카오   세 배 줄 테니 더 빨리.

남자가 숨을 고르다 끄덕이고는. 입에 삼끈 하나를 질끈 물더니 말처럼 달린다.

일본영사관 지하 / 복도 / 취조실- 낮 / 안

복도

철창문이 열리자 심호흡을 하려 숨을 들이마신 타카오가 가래침을 끌어모은다. 뱉으려다 옆의 헌병과 눈이 마주친다. 헌병이 손을 내민다. 헌병의 손에 가래침을 뱉는 타카오. 헌병은 타카오의 가래침을 주머니에 넣는다. 들어가는 타카오.

타카오　　이곳은 왜 이렇게 공기가 더러운지 모르겠소.

취조실

타카오, 가래를 뱉을 곳을 찾다가 바닥에 뱉고 발로 비빈 뒤 중근에게 말한다.

타카오　　자 깔끔하게 정리합시다. (서류를 꺼내 보며) 당
　　　　　신이 저지른 이토 히로부미 공 암살사건을 맡

은 미조부치 타카오 검사요.

중근   (껄껄껄 웃으며) 참으로 웃기는군요. 하얼빈은
        청나라의 소유이지만 철도 행정권은 러시아에
        있는 장소인데 일본 검사가 맡는다는 것은 훗
        날 당신들 나라의 개들도 웃을 일입니다. 이곳
        은 제3국이고 난 한국의 독립을 위해 싸운 군
        인의 신분이니 죄가 있다면 내 나라 법에 따라
        처벌을 받아야 마땅하다고 봅니다.

타카오   (피식 웃더니) 1905년 11월 17일. 무슨 날인지
        알죠?

중근   음⋯. (깊은 한숨을 뱉는다)

타카오   (안경을 빼서 닦고는 고쳐 쓰며) 그날 체결한 을
        사5조약에 의해 조선인에 대한 보호는 우리
        일본에 있다. 조선의 국왕이 서명까지 하고 도
        장까지 쾅 찍은 약속. 그러면 수사권도 우리
        일본에 있는 것이 아니오?

중근   이토 히로부미가 만든 조약 때문에 나를 재판
        할 권리가 있다. 이거요? 국가 간에 공평치 않
        은 조약은 평화를 깨뜨리는 침략이오. 지금 일
        본은 아시아의 다른 나라들을 침략하고 있소.

중근의 말을 끊듯이 심하게 기침을 해대는 타카오. 가래를 끓어 모은다.

중근   내가 전쟁을 해서 침략자를 죽인 것이 정당해
               질까 봐서. 고하이모노데스까?(두려운 것이오?)
               무엇이 두려운 것인가?

가래침을 꿀꺽 삼키는 타카오.

다시 타카오의 임시 집무실 – 낮 / 안 / 밖

타카오의 시선이 눈을 가리고 포승을 당한 중근이 지바와 헌병들에 끌려 호송용 마차에 태우는 것에 머문다. 커튼을 닫고 빠진다. 탁, 탁, 탁, 영사기의 소리가 살아난다. 타카오가 영사기를 정지시켰다가 다시 필름을 걸고 재생시키자. 다시 나타나는 영사막에 투영되는 이토 히로부미의 사살 현장. 타카오는 영사막 쪽으로 가까이 걸

어 들어가서 첫 번째 총탄을 맞고 쓰러지는 이토의 얼굴을 바라본다. 타카오의 귓가에 총소리가 살아난다.

하얼빈역 현장의 상황 - 낮 / 역사 안

하얼빈역 바닥으로 쓰러지는 이토의 얼굴. 다시 총소리. 이토의 눈동자에 열차에 붙어 있던 일장기가 느리게 펄럭이고 실루엣의 형체로 거대하게 다가오는 중근이 흔드는 태극기가 늙은 여우 이토의 열리는 동공 속에 맺힌다.

다시 카페 화장실 - 낮 / 안

타카오는 화장실 거울 쪽으로 다가가 중근이 조준을

하였던 총구의 위치를 만져본다. 그 위로 카페 여주인
의 목소리가 들린다.

여주인   돌아오지 않았어요.

카페 - 낮 / 안

여주인이 찻잔을 들고 카페 밖으로 나가는 타카오의
모습이 보인다.

대동 공보사 앞 - 낮 / 밖

자전거를 탄 성희가 급하게 달려온다. 대동 공보사 입
구에 자전거를 던져 버리듯 세우며 급히 대동 공보사의

이층계단을 뛰어 올라가는 성희. 그 위로 이강의 목소리가 들린다.

  이강   어떻게 됐습니까?

대동 공보사 - 낮 / 안

서 있는 성희의 앞 테이블에 앉아 있는 최재형, 이강과 미하일로프.

  성희   이건 재판이 아닙니다. 한국과 러시아, 중국의
            변호사들이 변호를 하겠다는데도 참여를 할
            수 없게 만들었어요.

  최재형   내 쪽에서도 변호사를 보냈지만….

  미하일   불법입니다. 이건 국제공법을 무시한 태도에
            요.

  최재형   결국 자기들 마음대로 재판을 끌고 가려는 속

셈이군. (깊은 한숨) 일본은, 안중근을 사형시킬 겁니다.

성희   아니에요. 그분의 사형을 막아야 해요! 막을 방법이 있을 겁니다.

미하일   성희 씨!

성희   국제 여론을 이용해 보면 어때요?

이강   국제 여론?

잠시 침묵이 흐르는 사이, 성희가 자리에서 일어나 중국 신문자료를 가져온다.

성희   보세요. 중국은 안 중장님의 업적이 위대하다고 칭송하고 있어요.

최재형   지금 중국은 큰 힘이 없어요. 러시아도…. (미하일을 본다)

미하일   우리 러시아도 러일 전쟁에서 일본에 패하고 보니 현재로서는 약자인 셈이죠. (깊은숨을 몰아쉰다)

최재형   정작 힘이 있는 미국이나 유럽 쪽 언론에서는 일본과의 관계 때문인지 이토 히로부미의 죽음을 애석해하는 입장이고… 한국의 신문들은 이미 일본에 장악을 당했으니….

성희   일본은요? 오히려 지금 일본에서는 의견이 엇갈립니다. 이토 히로부미를 온건파라 하여 그가 죽음으로써 일본의 강경파의 대일정책이 더욱 가속화될 것이다. 라는 측과 반대로 그의 욕심이 화를 불렀고 안중근의 행동이 조선인들에게 애국심을 심어줄 것이다. 라는 목소리가 나오고 있어요.

최재형   일본 쪽 언론을 이용하자는 거군요…. (깊은 한숨을 내뱉는다)

성희   (최재형의 얼굴에서) 이건 처음부터 안 중장님의 생각일수도 있을 겁니다. 제가 대련으로 가보겠습니다. (최재형과 미하일로프를 본다)

최재형   그렇게 하세요. 필요한 경비는 내가 마련해 놓겠소.

이강   (고개를 끄덕인다)

미하일   대련에 아는 신문사가 있는데 전보를 쳐 놓겠습니다.

최재형과 성희는 서로 힘을 얻은 듯 서둘러 움직인다.

대련 / 기차역 - 낮 / 안

철로 위로 증기기관차의 바퀴가 서서히 멈추고 열차
차창으로 대련(大连)역이라고 쓰인 간판이 비친다. 객차
안의 성희가 일어서서 내린다.

대련/ 공원 - 낮 / 밖

걸어오는 성희에게 다가가는 양복 차림의 중국인 남
자. 서로 인사를 나눈다.

공원의 일각

공원에서 두 사람이 이야기를 나눈다.

        남자   이름은 미조부치 타카오이고 아침마다 대련

이발소를 들른다고 합니다.

성희 직접 만나 보겠습니다.

남자 우리도 취재 요청을 했었는데… 쉽지는 않을
      겁니다.

성희 방법은 제가 찾겠습니다. 재판이 열리기 전에
      안 중장님과 한 번이라도 면회가 되면 좋을 텐
      데요.

남자 며칠 전 사형 집행이 있고 나서 면회도 안 되
      고 있습니다.

성희 (놀라며) 사형이요?

남자 왕웨이라고 중국인 살인범이었습니다. 안중근
      씨와는 무관한 사건이죠.

성희 그래도 소식을 알 방법이 없으니 불안하네요.

남자 소식을 알아볼 방법은 있습니다.

성희 예?

남자 우리 신문사의 사진을 찍어주는 사진사가 사
      흘 뒤 형무소 안으로 사진을 찍으러 간다고 했
      습니다.

대련 / 사진관 – 밤 / 안

현상된 사진들을 정리하고 있는 카미렌. 사진 속에는 하얼빈 거사 직전에 찍은 안중근과 우덕순, 조도선 세 사람이 있고 또 다른 사진에는 사건 직후 찍은 것으로 보이는 안중근의 모습이 담겨 있다. 사진관의 문이 열리는 소리가 들리자 카미렌은 돌아보지도 않은 채 말한다.

        카미렌   영업이 끝났습니다.

카미렌의 앞으로 다가가서는 성희.

        카미렌   죄송합니다. 손님이 온다고 해서 문을 열어놓
                  은 것인데….
        성희   사진을 찍으러 온 것이 아닙니다.
        카미렌   그럼?
        성희   기자입니다.
        카미렌   아! 연락은 받았습니다. 남자분이라고 생각을
                  해서….

성희   형무소 안으로 사진을 찍으러 가신다고 들었
          습니다.

카미렌   네… 근데….

그때 문을 열고 타카오가 들어온다.

타카오   손님이 있었군요.

카미렌   (재빨리 몸을 돌려세우며) 네.

카미렌이 재빨리 타카오에게 다가가 성희를 가려준다.

카미렌   일찍 오셨군요?

성희는 사진관 안 작은 거울을 통해 타카오를 본다. 성희는 타카오가 말을 거는 카미렌을 보고 있지만, 순간적으로 거울을 통해 자신과 시선이 마주쳤다고 느낀다. 성희의 등 뒤로 타카오의 목소리가 들린다.

타카오   뭐가 잘못되었소?

카미렌   아닙니다. 다 됐습니다.

성희의 시선에 카미렌이 현상해 놓은 사진 속 중근이 보인다. 성희는 사진 한 장을 품에 넣고 나간다. 성희가 나간 사진관 문틈 사이로 카미렌과 이야기를 나누는 타카오의 모습이 보인다.

대련 / 이발소 - 아침 / 안

탁, 탁 거품을 만드는 면도용 거품 솔 타카오의 안면에 거품이 칠해진다. 문을 열고 들어오는 성희. 면도용 칼을 타카오의 얼굴에 대려던 이발사가 여자의 등장을 의아하게 본다. 성희 어색한 미소를 보이다 주머니에서 돈을 꺼내 거울 앞 깡통에 넣고는 자리에 앉는다. 이발사의 시선을 피하려 신문을 펼쳐 드는 성희. 면도를 마친 타카오가 옆의 성희를 흘끔 보더니 말한다.

타카오   아침부터….

성희는 가리고 있던 신문을 내리고 타카오를 본다.

타카오   여자가 면도를 하러 온 것은 아니겠고… 나에
         게 관심이 있소?

타카오 시선을 돌리는데 면도칼을 쥔 이발사의 모습
이 보인다.

성희   (잠시 망설이다) 대동 공보사 기자입니다.

이발사는 얼굴에 남은 거품을 닦고 자리를 비킨다.
타카오는 허리 세우고 거울을 통해 성희를 본다.

타카오   기자?

성희   그렇습니다.

타카오   아침 일찍인데 밥은 먹었나요?

성희   아뇨. 안 먹었어요.

타카오	어제저녁은?
성희	취재에 응해 주시겠습니까?
타카오	먹지 못했다는 뜻이군…. (일어나 옷을 입으며) 밥이나 잘 먹고 다니시오.
성희	그럼 밥을 먹고 다시 찾아오겠습니다.
타카오	대동 공보라고 하면 조선인 신문사인가?
성희	대표는 러시아 분입니다.
타카오	(피식 웃으며) 발행은 조선인들이 하고? 당신들 신문사가 연해주를 중심으로 활동을 하는 집단이란 것쯤은 나도 알고 있으니까.
성희	(단호하게) 그럼 왜 찾아왔는지도 알겠군요.
타카오	나에게 접근하지 마시오. (이제야 마주 보며) 조선인이 일본 검사에게….

관동도독부 / 타카오의 집무실 - 낮 / 안

책상에 놓인 안중근, 우덕순, 조도선 세 사람의 사진.

그 위로 들리는 타카오의 목소리.

타카오   서로 모른다고 했지만….

타카오 얼굴이 가까이 오면서 말을 이어서 한다.

타카오   당신과 안중근 두 사람은 대동 공보사를 통해
         서로 알게 되었소.

타카오의 책상 앞, 등을 보이고 앉아 있는 남자. 타카
오는 자리에서 일어나 남자에게 담배를 권한다. 타카오
에게 담배를 받는 남자. 우덕순이다.

타카오   이 사진을 이토 공을 암살하기 이틀 전 채가구
         에서 찍었더군. …우리가 당신들의 조직에 대
         하여 어디까지 알고 있을까요?

우덕순   다 안다며 날 왜 불렀소?

타카오   만약에 이토 공께서 채가구 역에 내리셨다면

당신은 정말로 그를 쏠 생각이었소?

우덕순   쐈지!

타카오   그다음은?

우덕순   빠져나왔을 것이오.

타카오   실패를 했다면?

우덕순   내 몫을 다했으니 심문을 당하고 고문을 당하
         느니 난 자결을 했을 것이오.

타카오   나 같아도 그랬을 것이오. 그런데 안중근은 그
         러질 않았소. 사건이 일어나던 순간의 영상을
         보면 군중들이 총소리에 정신없이 몰리고 있
         어 마음만 먹는다면 도주도 가능했는데… 안
         중근은 러시아 말로 대한만세를 외치며 순순
         히 잡혔소. 아니 정신을 차리고 자신을 잡기를
         기다려 준 것이지. 그것도 계획이었나?

우덕순   내게서 알고 싶은 것이 무엇이냐?

타카오   지금 대련에는 대동 공보사 여기자 한 명이 와
         있소. 그 여자에게 면회를 신청하시오. 내가
         허락을 해줄 테니.

우덕순   내가 왜? 무슨 계략인 줄 알고 내가 당신의 말
         을 듣겠소?

타카오   잘 생각해 보시오. 어떤 것이 서로의 목숨을
         살릴 수 있을까? 살아 있을 때 방법을 찾는 것
         도 나쁘지 않을 것이오.

여순 형무소 - 낮 / 밖

   인력거가 멈추고 형무소 입구를 보는 성희의 시선 위
로 잠시 생각이 스친다.

대련/ 만주일일신문사 - 낮 / 안 / 밖

   어느 중국식 건물로 들어가는 성희 이중 유리창에 만
주일일신문사라고 큼직하게 쓰여 있다. 그 위로 들리는
남자의 소리.

    남자   일본 검사를 만나셨어요?

성희를 안내했던 남자 기자가 차를 들고 와서 성희의
앞에 앉는다.

성희   (한숨을 푹 쉬며) 네, 잘 안됐습니다. 놀림에 협
                 박에 아! 개자식.

갑작스러운 성희의 행동에 당황해 하는 남자 기자.

성희   뭐 그랬습니다. 근데 어떻게 아셨어요?

남자   잘된 일인지는 모르겠지만 그쪽에서 연락이
                 왔습니다.

#다시 여순 형무소 - 낮 / 밤

마차에서 내리는 성희, 형무소의 전경을 한번 둘러본
뒤 안으로 들어간다.

형무소 면회실- 낮 / 안

우덕순과 성희가 만난다.

우덕순 안중근이 동정 여론을 받으려면….

성희 우발적으로 범행을 저지른 것으로 대동 공보
기사를 내자. 그런 말씀이신가요?

우덕순 나도 중근이를 살리고 싶어요.

성희 안 중장님께서도 동의를 하셨나요?

우덕순 아닙니다. 같이 이곳에 있지만 만날 수가 없어요.

성희 대동 공보가 먼저 이런 문제를 다룰 수는 없습
니다.

우덕순 없어지더라도 말입니까?

성희 네?

우덕순 지금 중근이는 암실에 있습니다.

성희 (놀라며) 암실?

우덕순 (고개를 가로저으며) 암실은 형무소 안에서 제
일 두려운 곳입니다.

성희   아직 재판 중인데?

우덕순   왜 그곳에 그를 가두었는지 모두 이유를 몰라요.

성희   이 사실들을 대동 공보와 중국의 신문 등을
        통해 알려야겠습니다. 일본은 재판 중인 안 중
        장님을 암실에 감금해서 고문을 가하고 있다
        고 하면, 앞으로의 재판을 유리하게 끌고 갈
        수도 있을 것 같습니다.

우덕순   며칠 전, 암실에 있다 나간 중국인이 곧바로
        사형을 당했어요. 일본은 중근을 죽이고 그다
        음으로는 대동 공보를 없앨 겁니다. 대동 공보
        가 대한의 독립을 위해 안중근이 이토 히로부
        미를 쏘았다고 말해도. 일본은 자신들의 방법
        으로 여론을 몰고 갈 것입니다.

달리는 인력거 – 낮 / 안 / 밖

  인력거 안에서 생각에 잠긴 성희. 덕순과의 대화를 생
각한다.

우덕순   그러니 동정여론을 이용해서라도 살아 있을
                 때 살릴 방법을 찾자는 겁니다.

대동 공보사 - 낮 / 안

이강과 이야기를 나누고 있는 미하일.

    미하일   성희 기자로부터 전보를 받았어요.

    이강   어떻게 되고 있답니까?

    미하일   아직… 안중근을 만날 방법을 찾고 있답니다.

깊은 한숨을 내쉬는 이강.

카미렌의 사진관 - 낮 / 안

거울 앞의 성희가 서 있다. 카미렌이 다가와 안경과
모자를 내민다.

> **카미렌**　　저희 아버님께서 쓰셨던 안경이고 제가 썼던
> 모자입니다.
>
> **성희**　　(머리를 단단히 묶고 쓸어 올리며 모자를 눌러
> 쓴다)
>
> **카미렌**　　그리고 저···. (손가락으로 성희의 봉긋한 가슴을
> 가리킨다)

칸막이 뒤

광목천으로 가슴을 누른 성희가 다시 복장을 갖추고
나온다.

> **성희**　　(매무새를 다듬으며) 도움을 주셔서 고맙습니다.
>
> **카미렌**　　저희 할아버지께서도 일본군에 의한 여순 대

학살 사건 때 돌아가셨습니다. 이곳의 중국인
들 대부분은 안중근 님의 용기 있는 행동에
대해 존경을 드리고 있어요. 자! 그러면 사진
기 조작법을 알려 드리겠습니다.

테이블 위로 놓인 그라플렉스(Graflex) 카메라로 다가
가는 카미렌.

카미렌　　이렇게 몸체를 잡아당기면 간유리를 통하여
　　　　　　피사체가 보입니다.

카미렌의 설명대로 성희가 카메라의 초점을 맞추자
선반 앞 화병이 흐릿하게 보인다.

카미렌　　지금부터는 아주 천천히 피사체가 선명해질
　　　　　　때까지 조정을 해야 합니다. (검은색 천을 주며)
　　　　　　이것을 덮으면 더 선명하게 볼 수가 있습니다.

성희는 건네받은 흑천을 쓴다.

카미렌   해보세요. 아주 천천히.

카미렌이 갑자기 서랍에서 사진 한 장을 꺼내 초점을 맞추는 화병 앞에 놓는다. 성희가 천천히 포커스를 조절하자 화병 앞에 사진이 선명하게 보인다. 포승줄에 묶인 최초의 안중근 사진이 나타난다.

카미렌   제가 형무소로 들어가 처음 찍은 그분의 모습
              입니다.

성희가 흑천에서 머리를 들자 카미렌이 성희가 맞춘 초점을 확인하고 말한다..

카미렌   잘했습니다.

성희   (가슴이 먹먹해지며 말을 잇지 못한다)

중국 대련의 거리 - 밤 / 밖

　밤의 어둠을 타고 쏟아붓듯 내리는 비. 도로 위를 달리는 검은 차량 한 대. 대련 시내의 도로와 건물들이 달리는 차량의 불빛과 비에 같이 젖어간다. 달리는 차량의 헤드라이트 불빛으로 날아드는 빗줄기. 보닛 위로 떨어진 빗방울이 속도에 못 이겨 흔들리며 말려 올라간다. 달리는 차 안 생각에 잠긴 지바.

여순 형무소 - 암실 - 밤 / 안

　암실을 감시하는 구멍이 열린다. 감시 구멍 속을 칼날처럼 후비고 들어가는 빛줄기를 따라가면, 낮은 천장의 암실 바닥에 쓰러진 중근이 보인다. 중근이 천천히 눈을 뜬다. 열리는 암실의 문, 중근은 한숨 같은 신음을 뱉고는 손으로 감방의 바닥을 짚고 몸을 일으키려다 쓰러진다. 들어와서 중근을 끌고 나가는 헌병. 중근이 암실 밖으로 끌려 나오자 입구 쪽 서 있던 지바가 달려와 재빠르게 부축을 한다. 그런 지바의 행동을 헌병이 제지하려다 그만둔다. 지바는 주머니에서 손수건을 꺼내 중근의 눈을 가려 준다.

지바   이게 며칠 만인지 알겠습니까? 어둠 속에 너
         무 오래 계셨어요. 불편하더라도…. (손수건을
         꺼내 눈을 가려준다)

형무소 / 복도 – 밤 / 안

포승줄에 묶여 복도를 걸어가는 안중근. 지바의 손수건으로 눈이 가려져 있다.

지바   오늘이 열흘째입니다.

중근   낮 밤을 모르다 보니 생각보다 많은 시간이 지
         났군요.(멈춰 서며) 지바 도시치.

지바	네.
중근	내 몰골이 볼만하죠?
지바	조금은 지쳐 보이시지만… 괜찮아 보이십니다.
중근	사람은 참 나약한 것 같아요. 좁은 곳에 가둬 두고 빛만 없애도 죽을 것 같고 두려워지는 것을 보니.
지바	많이 힘드셨죠?
중근	(머리를 가로저으며) 아니요… 난 잘 있었어요. 정말 오랜만에 어둠 속에서 많은 사람을 만났어요.

중근은 지난 과거를 회상한다.

중근	말을 타고 고향으로 달려갔죠. 아버님께서는 바위에 청계동천이라고 쓰셨고 내가 사냥해서 잡은 멧돼지로 잔치를 벌였죠. 아내는 산책을 좋아했는데 어머님께서도 그 모습을 보며 기뻐했죠. 내가 세운 삼흥학교 복도 벽에는 내가 쓴 글이 가득했고 은숙이라는 여교사가 있었는데 청소를 열심히 해 줬어요. (회상에서 돌아오며) 그러다가 좀 불안해지더군요. 문득 이 행

복한 순간이 꿈이 아닌가, 생각이 들었는데 그
때 문이 열렸죠. 암실 다음에는 사형장이라던
데… 나에게는 아직….

지바   아닙니다. 다시 재판을 받게 되실 겁니다.

사진관 – 밤 / 안 / 밖

멈춘 차에 앉아 있던 지바가 생각에서 깨어난다.

안

창문 틈으로 도착한 차를 본 카미렌이 입에 수건을
물고, 테이블 위 날카로운 모서리 부분에 손을 올려놓
고는 옆에 있던 컵을 들어서 내려친다. 카미렌의 얼굴
위 힘줄이 솟구치고 손에서 피가 흐른다. 놀란 성희는
카미렌에게 간다.

성희   무슨 짓이에요?

카미렌   다쳤다고 하면 확인을 할지도 모릅니다.

성희   괜찮으세요?

카미렌   (강하게 웃으며) 당신들은 손가락까지 잘랐는데
            중국인도 이 정도는 해야죠.

차에서 내려 사진관의 문을 두드리는 지바. 성희가 문을 열어 주자 지바가 들어오며 말한다.

지바   사진사는 어디 있나?

카미렌이 땀범벅이 된 얼굴로 담요까지 두르고 힘없이 앉아 지바에게 말한다.

카미렌   (손을 보여주며) 제가 실수로 손을 다쳤는데…
            열까지 오르는 것을 보니 파상풍 같아서…. 급
            히 다른 사진사를 불렀습니다.

둘 사이로 성희가 다가간다. 카미렌의 손과 얼굴을 보

는 지바가 의심스러운 듯 고개를 돌려 성희를 보고 긴
장한 셋 사이에 침묵이 흐른다.

　　　성희　　　사진은 걱정 안 하실 만큼 자신 있습니다.

성희의 말을 들은 지바는 고개를 끄덕인다.

달리는 차 / 안

운전을 하는 지바의 옆에 앉아 있는 성희.

　　　지바　　　한국 사람인가?

　　　성희　　　(망설이며) 네?

　　　지바　　　걱정 안 해도 됩니다. 안중근을 아시오?

　　　성희　　　(혼란스러워하며) 네, 알고 있습니다.

　　　지바　　　그분과 얘기를 나누다 보니 당신 억양을 듣고
　　　　　　　　한국인일 것이라 생각했소.

성희	오늘 어떤 사진을 찍게 되는지 질문을 해도 되겠습니까?
지바	바로 그분이오. 한국인들은 안중근에 대해 얼마나 알고 있소?
성희	(모르는 척하며) 저는… 잘은 모릅니다.
지바	난 한국이 부러웠소. 안중근을 가진 한국이….
성희	어떤 분이셨죠?

지바, 묵묵히 차창을 때리는 비를 바라본다. 성희의 얼굴이 빗물 위로 흐리게 보이며 지나간다. 그 위로 들리는 지바의 얘기.

지바	안중근에 대해, 일본 군인에게 질문을 다 하는군요.

지바의 회상이 이어진다.

일본영사관 앞 / 호송 마차 - 낮 / 안 / 밖

  중근을 마차에 태우기 전, 3층 타카오의 임시 집무실 창가에 서서 내려다보고 있는 타카오를 잠시 의식한 지바. 타카오는 커튼을 닫는다.

마차 안

  눈을 가리고 앉아 있는 중근을 노려보는 지바 도시치. 옆의 두 헌병이 눈짓을 하더니 마차 안으로 들어가 중근을 구타하기 시작한다. 구타의 행위를 일부러 묵인하는 지바 도시치. 문을 닫는 지바, 마차를 출발시킨다.

형무소 복도 / 회상 – 낮 / 안

  철문이 열리고 검은 군복 차림의 중근이 포승줄에 묶여 들어온다. 구타의 흔적으로 얼굴은 멍이 들고 입술은 터져 있다. 상층, 중앙복도 가운데로 뚫린 감시 철망 아래로 보이는 중근의 모습. 중근이 위를 올려다보자 구리하라가 중근을 내려다보고 있다가 시선을 피하듯 뒤로 물러선다.

입소실 - 낮 / 안

중근을 들여보내며 수갑을 풀어주는 지바. 재소자 복장으로 갈아입는 중근을 감시하는데, 중근이 옷을 갈아입으려다가 잠시 벽을 마주하고 서 있자 지바가 입을 연다.

지바　　무슨 생각을 하는가?

중근　　이곳으로 들어오는 길에 본 담장 너머 대나무 숲이 잠시 떠올랐소. 수형소 담장 하고는 어울리지 않을 것 같은데도 묘하게 어울립디다.

지바	(알 수 없는 인상을 지으며) 우리 일본이 가장 존경하는 분을 죽이고도 감상적인가?
중근	감상적인 게 나쁜 건가? (미소를 지으며) 나를 감정적으로 대하니까 후련했어요?
지바	(멱살을 잡으며) 감정적이든 감상적이든 너는 살인범일 뿐이다. 내가 너를 이 자리에서 죽여버린다고 해도 우리 일본은 아무도 나를 살인자라고 말하지는 않을 것이다.
중근	한국인들은? 그가 죽인 한국인들은!?
지바	(멱살을 놓으며) 똑같을 수는 없겠지. 나는 안중근 네가 법의 심판을 받고 처형당하는 것을 꼭 지켜볼 것이다.
중근	어느 나라의 법으로 말인가?
지바	일본의 법. (차렷하며) 대일본 제국의 법.

암실 - 낮 / 안

암실의 구멍을 통해 안을 살피는 지바. 문 앞에 선다.

주머니에서 열쇠를 꺼내 암실 문을 열고는 소매로 코를 가린 채 한 걸음 뒤로 물러선다. 잠시 후 큰 고릴라 같은 중국인 재소자 왕웨이가 천천히 일어나 입구로 기어 나간다. 밖으로 기어 나온 왕웨이가 지바의 앞에 엎어진다.

지바 사무실 - 낮 / 안

서 있는 지바의 앞에서 게걸스럽게 음식을 먹고 있는 왕웨이. 지바는 내려다보며 말한다.

지바   암실 다음에 가는 곳이 어딘지는 알겠지?

옆의 중국인 통역이 왕웨이의 앞에 엎드려 전달한다. 왕웨이는 음식만 맹렬히 먹고 지바는 이를 보고 있다가 창밖으로 시선을 옮긴다.

운동장

 형무소의 재소자들이 나와 운동을 하고 있다. 그들 사이로 보이는 안중근은 한구석에 앉아. 바닥에 무엇인가 글을 적고 있다.

　　　지바　　　특별히 일찍 암실에서 나오게 해 준 것이니 행
　　　　　　　　동은 알아서 하도록 해라.

 왕웨이가 통역을 해주는 중국인을 노려보자 강한 눈빛에 통역은 오금이 저린 듯 시선을 피한다. 음식이 가득 든 입으로 뭐라고 중얼대는 왕웨이. 통역은 지바의 옆으로 다가가 왕웨이의 말을 전달해 준다.

　　　통역　　　내 마음대로 살다 가겠다. (눈치를 보며) 자기감
　　　　　　　　정을 건들지 말랍니다.

 음식 그릇을 내려놓는 왕웨이. 왕웨이를 보다가 다시 창밖을 보니 운동시간을 마친 재소자들이 들어간다.

재소자들 사이에 섞여 들어가던 중근이 잠시 담장 밖 대나무를 본다.

지바   감상적!

운동장 - 낮 / 밤

지바는 안중근이 앉아 있던 자리에 와서 서며 땅 위에 그가 쓴 글씨를 본다.

忍耐(인내)

감방 - 낮 / 안

감방 안으로 들어가는 재소자들, 중근을 포함 여덟 명의 재소자들이 있는 감방 안은 중국인 다섯 명과 러시아인 두 명이 섞여 있다. 좁은 방 안 미리 들어와 있는 왕웨이가 한가운데 대자로 뻗어 잠들어 있다. 왕웨이를 피해 재소자들은 자리를 잡고 중근은 자리를 잡지 못하고 잠시 서 있는데 통역이 일어나 다가온다.

> **통역** 슨상님! 고 놈 건들지 말고서리 적당히 자리를 잡고 앉으십쇼.

중근은 적당한 자리에 앉는다.

> **통역** 여기 모두가 슨상님에 대해 알고 있슴다. (왕웨이를 눈짓으로 가리키며) 저 돼지만 모르지요.
>
> **중근** (통역을 보면서) 한국인이오?
>
> **통역** 연변 쪽에서 장사를 좀 했슴다. 그러다 보이 중국말 일본말, 조선말 모두 하게 됐슴다. 그

덕분에 여기를 들어왔지만서리….

중근   좋은 능력을 가지고 왜?

통역   (자신의 입을 가리키며) 요, 요놈의 주둥아리.
         계집을 꼬셨는데 하필이면 일본군 장교 마누
         라였지 뭡니까.

중근   (피식 웃고 왕웨이를 보며) 저 사람은?

통역   사람을 여럿 죽였답니다. 여서도 사고를 쳐
         서… 암실로 갔다가 방금 풀려 나와 밥쳐묵고
         지금 디비 자는김다.

중근   이거 이렇게 앉아 있으려니 이곳이 너무 좁지
         않소?

통역   슨상님… 저 돼지가 잠잘 때는 어쩔 수가 없슴
         다. 지난번에도 잠든 돼지 건들었다 터진 사고
         임다.

    중근, 벌떡 일어선다. 중근의 행동에 모두 긴장해서
본다.

통역   아이! 뭐 하시려는 겁니까?

중근은 성큼 다가가 왕웨이의 배를 깔고 앉더니 사정 없이 뺨을 후려갈긴다. 번쩍 눈을 뜬 왕웨이, 자신의 배를 깔고 앉은 중근의 목을 잡더니 벌떡 일어선다.

소장실 - 낮 / 안

방안

구리하라	뭐 하는 짓인가? 사고라도 난다면?
지바	규정에 따라 배정을 한 것입니다.
구리하라	(소리치며) 형편없군. 정말 규정에 따라 방을 배정했나?

그때 들리는 호각 소리.

감방 안 - 낮 / 안

중근을 들어 올렸던 왕웨이가 가볍게 벽 쪽으로 중근을 집어던진다. 분노를 뿜으며 다가오는 왕웨이의 모습에 주변의 재소자들은 슬금슬금 피하고 있지만 중근은 옷을 툭툭 털며 아무렇지도 않은 듯 자리에 앉는다. 왕웨이 주먹을 들어 중근을 치려는 순간, 중근이 입을 연다.

중근   (호통치듯) 잠깐.

멈추는 왕웨이.

중근   (통역에게) 통역하시오.

통역은 겁에 질려 끄덕인다.

중근   내 말 잘 들으시오!

왕웨이   죽고 싶나.

듣지 않고 왕웨이가 주먹을 들어 다시 치려는 순간, 중근이 말한다.

중근   (고함치듯) 내가 목숨 따위를 구걸하려 대화를 하자고 했겠나?

중근의 기세에 멈칫하는 왕웨이.

왕웨이   무슨 말인지 날 설득하지 못하면 넌 죽는다!

중근   니가 한심할 뿐이다. 힘이 있다고 해서 지배를 하려고 하는 행동들이 이곳 려순 형무소를 만든 일본인들과 무엇이 다른가?

왕웨이   내가 한심하다?

중근   그렇다.

왕웨이   내가 죽인 놈들은 죽기 전에는 이런 말을 하더라, 살려달라고.

왕웨이, 주먹을 들어 중근을 내려친다.

왕웨이   살려 달라고 한번 말해 봐라.

중근   넌 날 죽이질 못할 것이다!

왕웨이가 주먹을 들어 다시 내려치려다 멈칫하는 순간에 뛰어 들어온 지바와 교도관들의 곤봉이 왕웨이의 몸 위로 작렬한다. 그러나 중근을 움켜잡은 손을 놓지 않고 눈싸움하는 왕웨이, 오히려 왕웨이가 힘을 쓰자 좁은 감방 안으로 들어온 헌병들과 지바도 종잇장처럼 나가떨어진다. 왕웨이는 중근의 목을 누르고 주먹을 들어 올리며 말한다.

왕웨이   왜 나에게 굴복하지 않는 것이냐?

통역   (순간 잡아 말리며) 이분은 이토 히로부미를 죽인 분입니다.

통역의 말에 왕웨이가 멈칫하고 넘어진 헌병들도 움직임을 멈춘다.

통역   이토 히로부미 말입니다.

왕웨이 중근의 눈을 보며 잡고 있던 손의 힘을 푼다.
그 틈을 타고 헌병들의 몽둥이가 왕웨이의 몸통 위로
작렬을 한다.

형무소 / 복도 - 낮 / 안

걸어가는 구리하라가 뒤따라오는 지바에게 말한다.

> 구리하라   독방으로 옮기게, 당장.
>
> 지바   알겠습니다.

형무소 내 / 고문실 - 밤 / 안

왕웨이가 칠성판 위에 살갗이 찢긴 채 고통스럽게 묶

여있고 통역이 그의 앞에서 무언가 이야기를 하고 나와

지바의 앞에 선다.

　　　통역　　사람을 여럿 죽인 왕웨이도 그런 눈은 처음이

　　　　　　　랍니다. 그래서 멈췄답니다.

　돌아서는 지바.

평온해 보이는 형무소 전경

형무소 2층 난간 - 낮 / 안

　형무소 2층에서 지바가 내려다보니 사형장으로 향하

는 왕웨이가 이송 중에 중근의 감방 앞에 잠시 멈춰 선

다. 잠시 이야기를 하는 듯하더니 철문에 대고 왕웨이
가 절을 올린다.

독방 안

중근은 왕웨이를 바라보고 절을 올린 왕웨이는 복도
끝으로 사라진다.

 # 독방 - 낮 / 안

지바가 독방 앞으로 다가와 안을 살핀다. 독방 안에
는 기도를 하고 있는 중근이 있다.

사형장 / 교수대 - 낮 / 안

   강해 보이던 왕웨이도 죽음의 공포로 덜덜 떨고 있
다. 머리에 흰 천이 씌워지자 거칠게 숨을 몰아쉬며 고
개를 두리번거리지만 이내 바닥이 꺼지며 거대한 몸뚱
이가 줄에 매달려 힘없이 축하고 늘어진다. 형무소 담
장밖에 대나무들만이 위로하듯 바람에 몸을 숙여 답해
주고 있다.

형무소 운동장 - 낮 / 밖

   운동을 하는 수형자 사이 양지바른 곳에 앉아 담 너
머에 흔들리는 대나무를 보는 중근의 모습을 자신의
사무실 창가에서 구리하라가 보고 있다. 그 뒤로 지바
가 다가온다.

구리하라 독방에서도 안중근은 하루 종일 기도와 묵상만 하고 있다고?

지바 네. …소장님! 질문이 있습니다.

구리하라 말해보게.

지바 왜 안중근 그자에게 특별한 관심을 가지시는 겁니까? 이번 왕웨이와 싸움의 시작도 그였고 이토 공을 암살한 자입니다. 저는 그의 행동이 살기를 위한 위선처럼 보입니다.

구리하라 지바도시치! 왕웨이를 통해 그에게 고통을 가하려고 했는가?

지바 안중근이 일본의 법으로 재판을 받기 전에 자살을 할까 봐 다른 수형자들과 붙여 둔 것입니다. 감시도 붙여 놓았습니다.

구리하라 지바도시치. …오늘 관동 도독부에서 안중근의 조사가 끝나고 나면 저녁때 우리 집으로 오겠나?

지바 네?

구리하라 식사나 하지.

호송마차 - 낮 / 안 / 밖

중근을 태운 호송 마차가 다가와 오른쪽 숲길로 들어
선다.

마차 안

흔들리는 마차 안. 마차 안 쪽창을 통해 밖을 보던 지
바가 돌아앉아 앞에 수갑을 차고 앉아 있는 중근을 마
주한다.

중근   숲길로 가는군요.

지바   어제 왕웨이가 사형을 당했소.

중근   그를 위해 기도를 했습니다.

지바   그것도 위선이오!

중근   그에게 들었소. 왕웨이는… 불행한 환경에서
        자랐다고 했습니다. 그가 살인범이 된 것은 그
        를 불행으로 내몬 사람들을 원망했기 때문이
        라고 했죠.

지바   당신도 그래서 이토 공을 죽인 것이오? 그분
　　　　이 당신 나라를 불행하게 만들었기 때문에?

중근   나는 나라의 주권과 독립을 지키기 위해 싸운
　　　　것이오.

관동도독부 / 복도 / 검사실 – 낮 / 안

복도

복도 끝, 검사실 앞을 지키고 있는 지바와 다른 러시
아 헌병. 그 위로 중근의 목소리가 들린다.

중근   이토 공을 쏜 것은 군인의 신분으로 일본과 전
　　　　쟁을 한 것입니다.

검사실(안)

　날카로운 인상의 미조부치 타카오 검사의 심문을 받고 있는 중근.

　　중근　　나는 일본의 침략에 맞서기 위해 군인이 된 것
　　　　　이오.

　　타카오　또 같은 주장이군. 뭐 좀 더 그럴싸한 이유가
　　　　　없소?

　　중근　　군인으로서 대한을 침략한 이토 히로부미를
　　　　　사살한 것이오.

　　타카오　군인이라면 누구의 명령을 받은 거였소? 조선
　　　　　의 왕이 시켰소?

　　중근　　조선에 왕?

　　타카오　(비웃으며) 왜? 조선엔 왕이 없소?

　　중근　　당신들 마음대로 없애지 않았소!

　　타카오　음… 그렇다면… 주인도 없는 나라의 군인을
　　　　　누가 인정을 하겠소.

　　중근　　대한제국의 주인은 백성들이오!

타카오   좋아. 패전을 한 적이 있었나?

중근   (끄덕이며) 있었소.

타카오   우리 일본과의 전투가 무모한 싸움이라는 것
         을 인정하는 것이오?

중근   아니! 국가를 지키는 군인들이 사사로운 개인
         의 감정으로 살인을 하지는 않으니 잡았던 포
         로들을 풀어 주었었소. 비겁하게 다시 역습하
         는 바람에 패전한 것이오.

타카오   그것이 패전의 이유란 말이오?

중근   그 부분은 말하지 않겠소.

타카오   개인적인 감정 때문에 말하지 않는 겁니까?

중근   일본이 강제 침략만 하지 않았어도 내가 그를
         죽일 이유는 없었소!

거리 - 낮 / 안 / 밖

안중근을 태운 마차가 호송 행렬에 싸여 거리를 지나
간다. 도심으로 들어선 마차가 사진관이 있는 거리 앞
을 지나가자 기다렸다는 듯 카미렌이 카메라를 들고 뛰
어나와 마차를 카메라에 담는다. 지역의 주민들이 마차
에 관심을 보인다. 그들 사이로 마차를 발견하고 다가오
는 성희가 보인다. 마차를 쫓아 달리지만 경비로 인해
접근을 할 수가 없다. 결국 포기를 하고 돌아서는데 카
메라를 접고 사진관으로 향하는 카미렌을 발견한다. 아
이들 몇 명이 계속해서 마차를 따라오며 외친다.

아이들   꼬레아 우라, 꼬레아 우라

작은 구멍으로 밖을 보던 지바가 중근에게로 시선을
돌린다. 중근은 묵묵히 앉아 있다.

지바   인기가 좋군.

중근 　　 불편하게 한 것은 미안하오.

지바는 주머니에서 열쇠를 꺼내 중근의 수갑을 풀어 준다.

지바 　　 미조부치 타카오 검사님과 나눈 이야기를 들었소.

중근 　　 그래서 풀어주는 겁니까?

마주 앉은 둘 사이에 잠시 침묵이 흐른다. 굳게 닫힌 마차 안쪽 창으로 들어오는 한 줄기 빛 조각이 마치 둥근 공처럼 중근의 손바닥 위에 머문다. 빛을 보며 중근이 말한다.

중근 　　 (중얼거리듯) 이처럼 살았으면 좋았을 것을….

지바 　　 (무심한 척) 형무소 소장님의 배려일 뿐이오.

구리하라의 집 - 밤 / 안

구리하라의 아내가 저녁상을 내온다. 지바와 함께 식사 중인 구리하라. 지바에게 술을 따라준다.

구리하라   지바가 본 안중근은 어떤 사람인가?

지바   …군인입니다. …혼란스럽습니다.

구리하라   그랬군. 자! 들게.

지바   (식사하다가) 제가 왜 혼란스러워했는지 묻지 않으시는군요.

구리하라   나도 그가 쓴 평화 사상에 대한 사설과 연설문들을 읽어 보며 혼란스러웠네.

지바   안중근도 평화 사상을 말했습니까?

아내는 옆에 있던 신문 자료들을 지바에게 준다.

아내   안중근의 평화 사상은 일본과 중국 그리고 한국, 삼국의 젊은이가 한곳에 모여 함께 서로의 언어를 익히고 소통을 하며 서양의 세력으로부터 동양의 평화를 지키자는 뜻이 들어 있어요.

지바   그런 생각을 가진 자가 이토 공을 암살을 했습니까?

구리하라   이토 공이 말한 일본의 군사력으로 동양 삼국을 지켜준다는 평화 사상과 다르기 때문에 생긴 일 아니겠는가?

지바   네?

구리하라   (아내에게) 당신 생각은 어때요?

아내   이번 사건을 이용해서 일본의 급진세력들은 더 빠르게 한일병합을 하려 할 것입니다. 이토 공이 말한 평화 사상을 지켜야 한다고 그것을 이유로 들겠죠. …그래서 걱정입니다.

지바   그것이 왜 걱정이십니까?

아내   군사력을 장악하고 보호해 준다는 평화론은 식민지화 시키려는 일본 정부의 속내가 너무 노골적으로 보이기 때문입니다.

구리하라 아내의 말에 공감을 한 듯 지바가 구리하라를 보자 구리하라도 공감을 한다고 고개를 끄덕인다.

아내	그분은 한국을 식민지화할 수는 없다는 것을 홀로 보여준 것이지요. (구리하라를 보며) 우리 이분께서는… 우리 일본이 대동아로 진출하려는 방법과 정책들 대해서는…. (구리하라를 본다)
구리하라	잘못된 것이 많다고 보네. 이곳 대련에서도 많은 사람들의 학살이 있지 않았나. …안중근이 비록 이토 공을 암살한 인물이지만 난 안중근의 뜻만큼은 존중하기로 했네.
지바	…네.
구리하라	내일 조사가 끝나고 나면 내 옆방을 치우고 그리로 방을 옮겨 주겠나?
지바	…예.
구리하라	새 이불을 깔고 매일 흰 쌀밥으로 세 끼 식사를 지어 드리게.

형무소 / 소장실 옆 감방 – 낮 / 안

지바가 중근을 이끌고 소장실 옆의 독방 철창 앞에
다가가 철창의 문을 열어 준다. 소장실에서 구리하라
나와 함께 들어간다.

> **구리하라** (중근과 둘러보며) 당신의 글들을 읽었습니다.
> 안 중장이 이곳에 얼마나 있을지는 모르겠지
> 만… 제가 해 드릴 수 있는 것이 이 정도 밖에
> 는 안 될 것 같습니다.

중근 천천히 소장의 앞으로 걸어 나와 먼지가 쌓인
바닥 위에 **敬天(경천)**이라고 쓴다.

> **중근** 제가 소장께 드릴 말씀입니다.

> **구리하라** 경천!

> **중근** 천은 하늘이고 나라입니다. 서로의 입장이 다
> 르겠지만 천은 나에게는 대한이고 소장님께는
> 일본입니다.

구리하라의 얼굴을 보며 중근은 말했다.

중근   소장님의 입장을 이해합니다.

구리하라   혹시 더 필요한 것이 있습니까?

중근   음… (둘러보며) 이렇게 좋은 독방에 앉아 시간
           을 보내려 하니 여러 가지 생각이 듭니다. 훗
           날 기억할 수 있게 글로서 생각들을 정리했으
           면 하는데…. (헛웃음)

구리하라가 서 있는 지바를 바라본다.

지바   알겠습니다.

대련 시장 / 필방 - 낮 / 밖

지바는 중국인 필방에서 붓과 화선지를 구입한다.

농로 - 저녁 (황혼) / 밖

멀리 보이는 겨울 황혼의 들녘이 검붉게 타들어 간다. 자전거를 타고 농로를 지나가는 지바의 맞은편 똥장군을 진 중국인 농부 가족, 지나가다 반대 들녘 쪽으로 등을 돌리고 서서 비켜서 준다. 자전거를 멈추고 내리는 지바, 중국인 농부들이 먼저 지나갈 수 있도록 기다려 준다. 잠시 멈칫거리다 지바의 옆을 스쳐 지나가는 농부 가족, 지바의 행동에 똥장군을 짊어진 가장이 몇 걸음 지나가다 돌아보고는 가던 길을 간다.

중근의 감방 - 낮 / 안

중근의 감방 안이 정리되어 있고 글을 쓸 수 있는 책상 위에 종이와 붓이 놓여 있다. 입구에 서 있는 지바에게 중근이 말한다.

중근   사람이 욕심이 많다 보니 이런 대우를 받게 되
        면 추억으로 많이 남게 되는데…. 지바도시치.

지바   네.

중근   당신을 위한 글 하나가 떠올랐어요. 잠시만요.

지바는 가까이 다가가 중근이 쓴 글을 본다.

爲國獻身軍人本分(위국헌신군인본분)

중근이 지바를 보며 웃자 지바도 머쓱해 한다. 마르지 않
은 먹물이 하얗게 화선지 위의 빛을 반사시키고 있다.

자작나무 거리 / 호송마차 - 새벽 / 밖

자작나무가 옆으로 길게 선 거리를 호송마차가 지나
간다.

마차 - 새벽 / 안

   지바가 중근의 손에 묶인 포승을 풀어주면서 어색하
게 웃어준다.

   중근   웃으니까 훨씬 좋군요. 지바가 웃으니 이런 삭
           막한 곳도 좋아지는데.

   중근은 미소를 보이다가 지바에게 마차를 세워달라
고 한다.

   중근   잠깐 세워 줄 수 있겠소? 소피가 마려워서.

다시 자작나무 숲 / 거리 - 새벽 / 밖

   소변을 본 뒤 돌아서는 중근에게 다가와 지바는 담배
에 불을 붙여 준다.

중근   (씨익 웃고는) 지바는 포로에게 관대하군요.

지바   중장님은 포로들을 살려 주셨는데요.

중근   (의미 있는 미소를 보이며) 사람들끼리 살면서
         가끔은 이런 재미도 있어야겠죠.

중근은 담배를 받아 한 모금 길게 빨고 연기를 내뿜
었다.

중근   아! 좋다.

담배 연기가 새벽 자작나무 숲 사이로 퍼진다.

지바   (일본어) 저는 안 중장님을 꼭 일본 법정에 세
         우려 했습니다.

중근   일본의 최고 지도자를 사살한 인물이었으니까
         그 마음은 이해합니다. 전쟁에서도 옆의 전우
         가 쓰러질 때 비로소 총을 쏠 용기가 생긴다는
         것을 나도 늦게 알았습니다. 그의 평화 사상이
         한국의 주권을 빼앗고 군대를 해산시키고 많
         은 한국인들을 죽였어요.

지바	저도 대한이라는 나라를 인정하려 하지 않았습니다. 일본이 승리를 하면 동양의 평화를 지킬 수 있다고 생각했습니다.
중근	그것은 일본의 잘못된 생각이기도 했지만 그것을 받아들이고 개인의 이익만을 취하려는 우리나라의 각료들 중에서 문제가 있는 인물들도 있었습니다.
지바	일본은… 중장님을 법정에 세웠습니다. 저는 지금 일본의 군인으로 충성을 다짐했기 때문에 그 명령을 따라야 합니다.

조용한 자작나무 숲 마주 서 있는 둘 사이에 잠시 대화가 멈췄지만 중근이 다시 이어간다.

중근	지바 도시치, 국가의 명령에 충실하니 당신은 훌륭한 군인입니다.

다시 형무소 앞 / 밤

비내리는 형무소로 들어가는 지바와 성희의 차량이
들어간다.

다시 형무소 / 다른 방 - 밤 / 안

헌병이 방을 지키고 있고 촬영을 하기 위해 준비된 사
진 조명이 한 번 두 번 터진다. 하얀 벽 앞에는 아직 눈
을 가린 중근이 앉아 있다. 카메라 옆에 서 있는 성희의
심장이 터질 듯 쿵쾅거린다. 지바가 성희에게 눈짓을 하
자 성희가 다가가 천천히 중근의 눈에 감긴 지바의 손
수건을 풀어 준다.

성희   잠시 안 보이실 겁니다.

천천히 눈을 뜨는 중근에게 성희가 말했다.

성희   고맙습니다.

간유리 위로 중근의 모습이 선명히 보였다 다시 흐려진다. 카메라를 덮은 흑천 속 성희의 볼 위로 눈물이 흐른다. 중근의 시선이 하얀 빛에서 촬영을 진행하는 사람들을 구별할 수 있을 정도로 점차 선명해지자 일본군 헌병이 손가락을 자른 손을 가슴에 대게끔 한다. 빗물이 흘러내리는 창문 너머로 플래시가 터진다. 안중근의 얼굴 위로 플래시 불빛이 하얗게 터진다.

엽서

사진 속에 남은 안중근의 모습은 초라한 형태로 찍혀 한 장의 엽서가 된다. 엽서 하단으로는 일본어 글자로 다음과 같이 적혀 있다.

'이토 공을 암살한 안중근'

예전부터 조선의 암살범들은 암살을 계획할 때 무명지를 자르는 관습이 있다.

사진 위로 중근의 목소리가 울린다.

중근   지바 도시치, 아직도 내가 꿈을 꾸고 있는 겁니까?

중근의 감방

하얀 쌀밥 위로 김이 모락모락 오르고 있다.

중근   어젠 내가 아는 사람의 목소리를 들었습니다. 꿈 같았는데….

중근의 식사를 앞에 두고 마주 앉아 있는 지바가 말했다.

지바   꿈이 아닙니다.

지바가 품에서 중근의 사진으로 만든 엽서 두 장을 꺼내 중근의 앞에 놓는다. 두 엽서를 보다 그중 한 엽서만 들어 본 후 내려놓고 밥을 떠서 천천히 먹는다.

중근   이제부터 나의 전쟁이 시작되는군요. 지바 도
          시치는 내가 삶을 구걸하는 것처럼 보이세요?.

지바는 가만히 고개를 숙이고 말이 없다.

대련역 - 낮 / 밖

역사 건물 위 붉은 글씨로 붙어 있는 대련(大連). 이강이 역사를 걸어 나오는데 지나가는 마차에서 한 뭉치의 엽서를 거리의 사람들을 향해 뿌리고 지나간다. 이강도 엽서 한 장을 집어 든다.

대련 / 만주일일신문사 - 낮 / 안

급하게 들어오는 이강. 자리에 앉으며 엽서를 꺼내 놓는다.

이강	이성희 기자! 큰일입니다. 대련 거리에 이런 사진이 돌고 있어요.
성희	죄송합니다. 그 사진은 제가 찍었습니다.
이강	그게 무슨 말입니까?
성희	일본은 벌써부터 안중근 님을 단순한 일본의 야쿠자 같은 범죄자로 만들 준비를 하고 있었습니다.
이강	(한숨 쉬며) 이것이 여론을 이용해서 안중근을 살려 보겠다고 한 일입니까?

가만히 끄덕이며 침묵을 하는 성희. 성희의 얼굴 위로 미묘한 감정이 스친다.

형무소 / 특별실 – 낮 / 안

타카오는 이 층 특별실 창에서 중근의 독방을 내려다 보고 있다. 독방 안에 글을 쓰고 있는 중근의 모습이 보인다. 타카오는 돌아서며 구리하라에게 말을 꺼낸다.

> **타카오**　　그에게 특별한 대우를 해 주고 있는 것에 대해
> 　　　　　　서는 묻지 않겠소. 잘 지내다 보면 살고 싶다
> 　　　　　　는 마음이 생길 테니 말이오.
>
> **구리하라**　알겠습니다. 그런데 왜 그를 살리려 하십니까?
>
> **타카오**　　그럼 이대로 죽어야 한단 말이오?

타카오는 몸을 돌려 운동장을 보면서 말을 이어 갔다.

> **타카오**　　그의 고향에 면회를 허락한다고 연락을 했으
> 　　　　　　니 그들이 원한다면 면회를 시켜주시오.

조용한 형무소 내부에 햇살만이 비치고 그 위로 성가 151장 '주여 임 하소서'가 울려 퍼진다.

빌헬름 신부의 성당 - 낮 / 안

   미사를 보는 신자들이 성가를 부른다. 그 사이로 중근의 어머니 조마리아 여사와 중근의 아내 김아려가 보인다.

      주여 임하소서 내 마음에
      암흑에 헤매는 한 마리 양을
      태양과 같으신 사랑의 빛으로
      오소서 오 주여 찾아오소서
      내 피요 살이요 생명이요
      내 사랑 전체여 나의 예수여

   미사가 끝나고 묵상에 들어가는 빌헬름. 돌아가는 신자들 위로 찬송가가 이어진다.

성당 - 낮 / 밖

   미사가 끝나고 은숙은 조마리아 여사와 중근의 가족

을 배웅하고 다시 성당 안으로 들어간다.

　　당신의 사랑에 영원히 살리다

　　오 내주 천주여 받아 주소서

　　내 나아가리다 주 대전에

　　성혈로 씻으사 받아 주소서

　　거룩한 몸이여 구원의 성체여

　　영원한 생명을 내게 주소서

청계동천 – 낮 / 밤

　중근의 동생들이 마중 나오며 어머니를 부른다. 조마리아와 아려 언덕 위 마을 입구로 들어오고 조마리아는 잠시 걸음을 멈춘다.

　　조마리아　난 좀 있다가 갈 테니, 너희들 먼저 들어가거라.

　　정근　　어머니. 형님 소식은….

공근   형님. (잡아끌며-) 어머님 편하신 대로 하세요.

김아려   먼저들 들어가세요. 제가 어머님 모시고 들어
       갈게요.

정근과 공근이 들어가고 언덕 옆 큰 나무에 걸터앉는
조마리아와 김아려. 구름이 흐르는 해넘이를 바라본다.

조마리아 오늘 찬송가를 들으니 중근이 생각이 더 간절
       하더구나.

조마리아가 찬송가를 흥얼거린다. 이어서 김아려도 함
께 찬송가를 흥얼거리며 둘은 중근과의 옛 기억에 빠진다.

조마리아와 김아려의 회상 /
  중근의 집 - 낮 / 밤 / 안 / 밖

중근은 툇마루에 누워 책을 보고 중근의 아버지와

어머니가 마당에 앉아 그 모습을 지켜본다. 밤늦도록 방에서 책을 보는 중근과 옆에서 바느질하는 부인의 다정한 모습에 어머니는 환한 웃음을 짓는다.

다시 청계동천 - 낮 / 밖

앉아 있는 조마리아와 김아려에게 햇살의 편린이 닿고 그 빛 조각이 회상을 이어간다.

다시 성당 - 낮 / 안

스테인드글라스에 닿은 햇살이 분무되어 퍼진다. 단상을 정리하는 은숙. 빌헬름, 앉아 묵주를 들고 생각에 잠겨 있다. 은숙의 눈에는 마치 빌헬름이 졸고 있는 것 같아 보인다.

은숙   신부님! 들어가서 낮잠 좀 주무시지 그러세요? 피곤해 보이시는데.

빌헬름   피곤은 무슨?

은숙   지금 졸고 계셨던 거 아니에요?

빌헬름   잠시 주님께 의견을 구하고 있었다.

은숙   여쭤봐도 될까요?

빌헬름   고해 성사를 보고 싶다고 했다더라.

은숙   (다가가며) 네? 누가요? (사이) 혹시… 신부님 연락이 왔죠? 그렇죠?

빌헬름   (끄덕이며) 방금 전 연락이 왔구나. 교구청에서는 토마스의 고해성사를 받아 줄 수가 없다 하는데.

은숙   신부님께서는요?

빌헬름   나는… (앞에 걸린 십자가를 보며) 저분께서는 조용히 계시니 다녀오라는 뜻 아니겠니? 면회도 허락을 한다고 했으니 정근이 하고 공근이 한테도 전하고 오거라.

은숙   (기쁜 마음에 바로 나가며) 네.

빌헬름은 뛰어나가는 은숙을 보다가 다시 십자가를
향해 고개를 돌린다.

빌헬름   (성호를 긋고 일어서며) 다녀오겠습니다.

빌헬름의 시선을 내리자 십자가상 아래쪽 마리아상
이 보인다.

청계동천 - 낮 / 밤

떠날 채비를 한 빌헬름 신부와 정근, 공근과 배웅하
는 조마리아와 김아려, 은숙.

조마리아   제가 직접 가지 못하다 보니 편지 하나 써서
            넣었습니다. 정근아 공근아 신부님 잘 모시고

다녀오거라. 신부님! 고맙습니다.

빌헬름   더 전하실 말씀이라도….

조마리아   아닙니다. 이렇게 면회를 허락한다니… 그것으
로 되었습니다.

정근과 공근은 어머니께 절을 올리고 빌헬름과 함께
길을 떠난다.

사진관 - 밤 / 안

세척된 필름을 들어 올리자 네거티브 필름에 담긴 중
근의 모습이 보인다. 성희는 루페로 필름을 보다 옆에
있는 카미렌에게 루페를 넘겨준다. 카미렌은 루페로 필
름을 보면서 말한다.

카미렌   일본 평민신문의 창업자 고토쿠 슈스이가 쓴
한시입니다.

네거티브 필름 위로 글자가 찍힌 포지티브 필름을 기저귀 채우듯 덮어씌운다. 다시 루페를 들여다보는 성희, 필름 속 중근의 옆에 보이는 한시를 읽는다.

성희　　목숨을 버려 의를 취하고 죽어서 인을 이루었네. 안 군의 의거 한 번에 천지가 진동하네.

픽사티브 정착액에서 서서히 나타나는 또 하나의 엽서. 단지된 손을 가슴에 대고 있는 같은 사진 속 안중근의 모습이지만 엽서에 적힌 글의 내용이나 배치로 사진 속의 안중근의 이미지가 확연히 달라진다.

형무소 안중근의 감방 - 밤 / 안

감방 / 안

구리하라가 중근의 옆 침대에 걸터앉아 글을 읽고

있다. 책상 위 놓인 문서에 "동양평화론"이란 제목이 보인다.

인다.

　　동양평화를 위한 뜻있는 전쟁을 하얼빈에서 시작
　　하고 담판하는 자리를 뤼순으로 정했으며, 이어
　　동양평화 문제에 관한 의견을 제출하는 바이다.

　구리하라는 정성스럽게 책상 위의 문서를 정리해 준다. 그리고는 글을 쓰는 중근의 옆에 서서 중근의 글을 읽는다.

　　구리하라　형세를 돌아보지 않고 같은 인종 이웃 나라를
　　　　　　　해치는 자는 마침내 악행을 일삼다가 따돌림
　　　　　　　을 당하는 근심과 재난을 기필코 면하지 못할
　　　　　　　것이다.

　붓을 놓으며 끄덕이는 중근. 구리하라 인정을 한다는 듯이 끄덕인다.

구리하라　좋은 소식이 있습니다. 고향에 계신 신부님께
　　　　서 동생분들과 직접 오고 계시답니다.

중근　　　(밝아지며) 역시! 빌헬름 신부님. (중얼거리듯 끄
　　　　덕이며) 그건 좋은 소식이군요. 이제서야 고해
　　　　성사를 드릴 수 있게 됐네요.

사진관 – 새벽 / 안

　문을 두드리는 소리에 사진관에서 엎드려 잠이 든 성
희와 카미렌이 일어나 허겁지겁 엽서들을 치운다. 급하
게 치우다 옆으로 쏟아지는 엽서 더미. 계속해서 두드
리는 소리에 하는 수 없이 입고 있던 윗옷을 벗어 덮어
놓고는 맨몸으로 문을 연다. 열린 문으로 지바가 들어
온다.

카미렌　　(안도하며) 놀랬잖아요! 무슨 일이세요? 새벽
　　　　부터.

지바   (둘을 번갈아 보더니) 갑시다.

카미렌   (어리둥절하며) 네?

지바   아니,(성희를 보며) 저기 그쪽 안중근 님의 사진
        을 찍어야 해요.

성희는 서두르다 카미렌의 옷을 떨군다. 떨어지는 옷
과 함께 엽서들이 고스란히 드러난다. 지바가 엽서 한
장을 들자 긴장을 하는 카미렌.

지바   나도 알고 있었소. 한 장 더 가져가도 되겠소?

카미렌   (고개를 끄덕인다) 네! 얼마든지….

지바   (한 뭉치를 집으며) 그럼 이만큼.

고개를 끄덕이며 미소를 짓는 카미렌과 성희. 지바의
얼굴에도 미소가 지어졌다.

관동도둑부 / 복도 - 낮 / 안

복도를 빠른 걸음으로 걸어 들어와 재판장 마나베 쥬조의 방 앞에 서는 타카오. 심호흡을 한번 한 뒤 문을 열고 안으로 들어간다.

마나베 쥬조의 방 - 낮 / 안

앉아 있는 마나베 쥬조의 앞에 타카오와 변호사 미즈노 기타로가 서 있다.

마나베   이쪽은 국선 변호사 미즈노 기타로, 서로들 아
              는 사이지?

둘이 동시에 대답을 한다.

미나베   안다고 하니 따로 소개는 필요 없겠고. 미즈노

기타로의 최종 변론은 이미 들었고 검사 쪽은
문제가 좀 있는 것 같은데?

타카오   계획대로 진행되고 있습니다. 심경에 변화를 확
인하기 위해 가족과의 면회도 허락했습니다.

미즈노   언론은?

타카오   그를 범죄자로 인식시킬 엽서가 뿌려 지고 있
습니다.

미나베   정말 그런가?

미즈노   이 엽서 말입니까?

미즈노가 고토쿠 슈스이의 한 시가 적힌 엽서를 꺼내
놓는다. 엽서를 받아 들며 당황하는 타카오. 다시 미즈
노가 한 장의 엽서를 더 꺼내 놓으며 말한다.

미즈노   마지막 재판을 취재하기 위해 대련으로 온 유
럽의 기자가 가지고 온 엽서입니다. 12명이 모
여 나라를 지키겠다며 손가락을 잘랐을 때의
혈서라더군요. 이것들이 뿌려지고 있는데 지
금 문제가 없다는 겁니까??

엽서 가운데는 단지동맹 때 사용된 태극기가 가운데 있고 안중근의 사진과 함께 위쪽으로는 다음의 글이 크게 붙어있다.

대한의사안중근공혈서

숲 길 - 오후 / 밤

거리를 거칠게 달리는 마차 위로 눈이 내리기 시작한다. 타카오는 마부에게 속도를 올리라고 다그친다. 마차는 자작나무 숲이 있는 비포장길을 흙탕물을 튕기며 달려간다. 물웅덩이가 있는 길 위를 무리하게 달리던 마차

가 순간 기우뚱하더니 쓰러진다. 마차에서 기어 나온
타카오가 몸을 휘청이더니 달리기 시작한다.

수형소 면회실 - 오후 / 안

간유리를 통해 중근의 면회 모습이 보이고 성희가 셔
터를 누르자 '펑' 하고 찍히는 사진 속에는 일본 헌병들
이 지켜보는 가운데 신부님과 동생들에게 유언을 하는
모습이 담긴다.

형무소 앞 - 밤 / 밖

눈이 내리는 형무소로 타카오가 걸어 들어간다. 그 위로 들리는 지바의 목소리가 들린다.

지바　　　지금은 면회를 시켜 드릴 수 없습니다.

특별 면회실 / 복도 - 밤 / 안

면회실 안

타카오가 마주 서 있는 지바를 향해 외친다.

타카오　　면회가 아니라 조사를 하려는 것이다. 검사가 범죄자를….

지바　　　수형소에서는 재판 중인 수형자를 감시 보호할 의무가 있습니다. 규정된 시간에 오시죠.

타카오   규정? (멱살을 잡으며) 그 규정을 누가 만들었나?

지바   (기침하듯) 소장님께서 오시고 계십니다.

복도

복도를 걸어와 문 앞에서 서는 구리하라. 안에서 외치는 타카오의 목소리가 들린다.

타카오   지금 내가 그를 부를 수 있는 것이 바로 규정이다.

구리하라가 문을 열고 들어간다.

다시 면회실 / 안

구리하라   불러다 드리게.

지바   소장님!

구리하라　이토 히로부미 통감의 암살 사건을 맡은 일본 검사님 말씀이네. 안중근을 죽일 수도 암실에 가둘 수도 있는 대일본제국의 검사님.

타카오　아니, 소장이 왔으니 내가 그를 보러 가겠소.

안중근의 독방 / 앞 - 밤 / 밖

타카오는 독방 입구에 똑바로 서 있고 지바가 문을 열자 천천히 중근이 나온다. 그들 사이로 한없이 내리는 눈. 중근은 잠시 고개를 들어 눈을 맞는다.

타카오　당신의 동료들이 모두 망치고 있다.

중근　그들은 잘 싸우고 있는 것이오. 비로소 싸우는 방법을 알게 된 것이지. 나도 그저 평범한 사냥꾼이었지만 이토 히로부미를 쏘았잖소.

타카오　당신 나라의 관료들은 동의를 하였고 이토 공의 평화 사상을 환영하였다. 왜 쏘았는가? 그분의 평화 사상을?

중근   (차분히) 검사님, 크든 작든 힘이 있든 없든 나라의 주인은 백성이오. 대한의 주인인 백성들이 그의 사상에 동의하였소? 그가 말한 평화 사상에는 일본의 이익만이 들어 있소. 내가 힘이 강하니 약한 조선을 지켜주고 서양의 침략을 막아 주겠다. 그러니 (정치 경제 문화) 모두를 일본에 관리를 받고 살아라. 겉으로는 그럴싸하게 보이겠지만 서양의 식민지화 정책과 무엇이 다르단 말이오.

타카오   (격분하며) 러일 전쟁에서 우리 일본이 승리를 했기 때문에 동양을 지킬 수 있었다는 것을 모르고 있는가?

중근   그래서 조선에는 군인도 필요가 없고 일본에 의해 국왕도 바꿀 수 있다는 것이오? 조선과 청국의 도움이 없이 일본이 전쟁을 이길 수 있었겠소?

타카오   만약, 전쟁에서 일본이 졌다면?

중근   러시아는 일본처럼 약소한 배상을 요구하지 않았고 동양의 중국과 한국으로부터도 적이 되었으니 나라의 미래가 지금의 어느 나라보다 참담해졌을 것이오.

타카오의 얼굴에 미묘한 감정이 떠오르고 이내 중근의 멱살을 잡으며 말한다.

타카오   똑바로 들어라. 내일 법정에서 당신 입으로 하게 될 마지막 진술이 당신이 살 수 있는 마지막 기회가 될 것이다. 훗날 우리 일본의 식민지 아래서 영웅처럼 기억하다가 잊히느니, 비굴하게라도 살아서 어질고 약한 너희 나라를 개혁하고 강하게 만들어 그때 독립을 찾아라. 이것이 내가 주는 마지막 기회이다.

중근   (눈을 부릅뜨며) 하지만 대한의 청년들은 손가락을 자르고 나라에 바치는 맹세를 했소. 그들은 힘이 없으면 입으로 물려고 덤벼들 것이고 총과 칼을 들면 목숨으로라도 막으려 할 것이다.

중근의 독방이 **관동도독부 재판정**으로 바뀐다. 가운데 서 있는 중근, 재판장을 꽉 채운 방청객들. 판사 마나베 쥬조, 검사 타카오와 변호사 미즈노가 착석해 있으며, 한쪽에는 구리하라 소장이 자리해 있다. 외신 기자들, 중국의 혁명가 량치차오 그리고 중근을 바라보는 성희의 얼굴 위로 중근의 목소리가 울려 퍼진다.

> **중근**   그렇게 된다면 온 세계가 일본을 규탄하게 될
> 것이며, 일본도 망하고 일본의 천황도 고개를
> 숙이고 무릎을 꿇는 치욕을 보게 될 것이다.

중근의 발언을 들으며 성희는 사진을 찍으러 갔던 날
을 떠올렸다.

성희의 회상 - 밤 / 안

형무소 다른 방

단지한 초라한 모습을 찍을 때, 성희가 눈을 가린 손
수건을 풀어주자 중근이 고맙습니다. 라고 말한다.

중근   (눈을 만지듯 성희의 손끝을 잠시 잡으며) 내가
       죽어야… 이 모든 계획이 완성되는 겁니다. 이
       성희 기자님 뒤를 돌아보지 마세요. 나를 사진
       에 담아 두고 가끔 기억되게 해주면 됩니다.

  빌헬름 신부와 면회 장면을 찍고 있는 때로 회상이
이동한다.

중근   일본이 법정에서 내가 한 말을 듣고도 날 살려
       준다면 내가 꿈꾸던 동양평화의 생각들을 받
       아들이는 것이고 나를 죽인다면 두려워하고
       있다는 것입니다. 두려움은 언젠가는 일본을
       무너뜨립니다. 이것이 내가 할 일입니다.

  다시 소음 살아나며 회상은 잦아들고 다시 재판정으
로 성희 의식이 돌아온다.

관동 도둑부 재판장 - 낮 / 안

재판장을 꽉 채운 방청객 사이에 앉아 있는 미하일로
프와 이강. 판사와 검사 앞에서 중근은 당당히 진술한다.

중근	내가 쏜 이토 히로부미의 죄는,
	첫째, 조선의 국모 명성황후 살해죄
	둘째, 고종황제를 폐위시킨 죄
	셋째, 을사5조약과 7조약을 강제로 맺은 죄
	넷째, 무고한 한국인을 학살한 죄
	다섯째, 정권을 강제로 빼앗은 죄
	여섯째, 철도 광산 산림 재산을 강제로 빼앗은 죄
	일곱째, 제일은행권 지폐를 마음대로 사용한 죄
	여덟째, 군대를 해산시킨 죄

타카오 검사가 갑자기 벌떡 일어서며 발언한다.

타카오	재판장님 잠시 재판을 멈추겠습니다. 피고 안

중근은 지금 이곳에 모인 기자들과 방청객들에게 자신의 범죄 행위를 정당화하기 위해 이토 공의 극동 평화론을 빌어 우리 일본의 정책을 왜곡하고 있습니다.

재판장　(법정 망치를 치며) 방청객들은 퇴장하시오.

퇴장하는 방청객들 위로 중근 더욱 고함치듯 외친다.

중근　아홉째, 교육을 방해 한 죄

열 번째, 한국인의 외국 유학을 금지시킨 죄

열한 번째, 교과서를 빼앗아 불태워 버린 죄

열두 번째, 한국인이 일본인의 보호를 받고자 한다고 세계에 거짓말을 퍼트린 죄

열세 번째, 현재 한국과 일본 사이의 경쟁이 쉬지 않고 살육이 끊이지 않는데 태평한 것처럼 말해 일본의 천황을 속인 죄

열네 번째, 동양평화를 깨뜨린 죄

열다섯 번째, 일본 천황의 아버지 태황제를 죽인 죄

타카오　(소리치듯) 안중근. 당신은 죄인이 아닌가?

중근 　　큰 죄인이요! 내 죄는 내가 어질고 약한 백성
　　　　이 된 것! 그것이 죄요!

　마지막으로 빌헬름과 성희가 법원 경찰에 끌려 퇴장
한다.

관동 도독 법원 앞 - 낮 / 밖

　쫓기듯 나오는 방청객과 기자들, 자전거 하나가 그 앞
을 멈춰 서더니 그들의 앞에 한 뭉치의 엽서를 뿌리고
지나간다. 엽서를 줍는 성희는 엽서를 뿌린 사람의 뒷
모습이 지바라는 것을 알 수 있었다. 성희의 앞에 있던
중국인 혁명가 량치차오 엽서를 집어 들며 말했다.

량치차오 　죽음을 앞에 두고 기뻐하는 영웅의 모습을 보
　　　　았습니다.

성희 　　누구시죠?

량치차오   량치차오.

　잠시 후 량치차오는 안중근의 거사를 칭송하며 모인
중국인 청년들에게 소리치며 연설을 한다.

량치차오   여러분, 일본의 침략에 맞서 싸운 안중근은 정
당한 행위를 한 것입니다. 조국을 위해 바친
남아의 목숨을 어찌 말할 수 있겠소. 나라가
치욕 받은 것을 깨끗이 씻지 못하면 어찌 그의
이름을 이룰 수 있겠습니까?

　돌아가는 윤전기와 전보를 치고 기사를 송고하는 외
신 기자들의 모습이 보인다. 그들의 위로 영문판 신문
의 기사가 나타난다.

　안중근은 기뻐하는 모습이 역력했다. 그가 재판
을 받는 동안 법정에서 자신의 정당성을 주장하
는 열변을 토하면서 두려워한 것이 하나 있다면,
그것은 혹시라도 이 법정이 오히려 자기를 무죄방
면하지나 않을까 하는 의심이었다. 그는 이미 순

교자가 될 준비가 되어있었다. 준비 정도가 아니
고 기꺼이, 아니 열렬히 자신의 귀중한 삶을 포기
하고 싶어 했다. 그는 마침내 영웅의 왕관을 손에
들고 늠름한 모습으로 법정을 떠났다."

- 영국 화보신문 〈더 그래픽〉

나는 대한의군 참모중장의 자격으로 이토를 사살
했다. 적장을 죽인 것이므로 국제공법에 따른 포
로로 대우하라"라고 당당하게 밝혔다.

-스트레이츠 타임스 -

"아시아 제일의 의로운 협객"

-중국 공인일보-

대련의 곳곳에서 중근의 기사가 쏟아져 나오고 카미
렌도 기사를 받아 들고 자신의 사진관으로 슬쩍 사라
진다. 카미렌이 들여다보는 필름에 여러 종류의 엽서가
보인다. 그중 중근의 얼굴 아래로 태극기가 그려진 엽서
한 장이 크게 들어온다.

자작나무 숲 - 낮 / 밤

바람이 숲을 가르고 지나간다. 그 위로 고함치듯 들리는 중근의 목소리.

중근   시원하다.

지바와 서서 둘이 서서 소변을 본다.

중근   아! 시원하다.

지바의 물건을 흘끔 보며 말한다.

중근   지바 도시치! 오줌발 한번 좋네요.
지바   저도 정신없어 참느라 혼났습니다.

멍하니 서 있는 둘 사이에 잠시 침묵이 흐른다. 침묵 속에 자작나무 사이로 바람이 지나간다.

지바   안 중장님!

중근   네. …왜요?

지바   항소하셔야죠.

중근   항소? 헛 허허허… 지바 도시치 내가 항소를
          한다면 말이오, 안중근이 죽음이 두려워 삶을
          구걸한다고 손가락질을 할 거예요. 처음부터
          죽음을 각오한 사람한테 그게 무슨 큰 형벌이
          라고….

구리하라 집 - 밤 / 안

　　구리하라의 아내가 구리하라 앞에 차를 올리고 자신
도 들어 한 모금 마신다.

구리하라   사형이 언도되었어요.

아내   그분은 어떠셨는지요?

법정 / 안(구리하라의 회상) - 낮

중근   고작 사형이 일본 최고의 형벌이냐. (큰 소리로
비웃으며) 나라를 빼앗고 그 나라의 백성을 죽
인 도적은 무죄이고 그 도적을 죽인 사람을 사
형시키는 것이 일본의 법이더냐? 사형보다 더
큰 형벌이 있다면 내 그 벌을 받겠다.

다시 구리하라 집 - 밤 / 안

창밖에서 보면 마치 반성하듯 서로 마주 앉아 고개를
떨구고 있는 구리하라와 그의 아내.

구리하라   일본 법관들을 향해 큰 소리로 비웃었답니다.

 # 중근의 감방 – 낮 / 안

창밖을 바라보던 중근이 붓을 들어 글을 쓴다.

人類(인류)

타카오 집무실 - 낮 / 안

보따리를 싸는 타카오의 방에 누군가 노크한다. 문
을 여니 지바가 서 있었다. 그가 들어와 책상에 중근이
쓴 글 한 점을 전해 준다.

人類事會代表重任

타카오   (중얼거리듯) 내가 인류사회의대표로서 임무를
         다했다⋯.

지바   마지막일 텐데 한 번 만나 보시죠.

타카오   뭐 그럴 필요 있겠으나! 좋소. 만나 봅시다. 글
         도 받았는데.

수형소 / 중근의 감방 - 낮 / 안

복도

복도를 걸어 들어가는 구리하라. 손에는 보자기가 들려 있다. 그 위로 들리는 중근의 목소리.

> **중근** 미소붙이 타카오 검사, 당신도 그 임무를 다하느라 수고가 많았어요.

안중근의 감방

타카오는 중근의 글을 앞에 놓고 앉는다.

> **타카오** 끝까지 나를 조롱하는 겁니까?
>
> **중근** 검사님도 여기에 있는 안응칠 역사 속에 기록될 인물인데 내가 드리는 답례품이라고 생각하고 받아 주세요.

타카오가 씨익 웃는다. 중근도 씨익 웃는다. 타카오
가 크게 웃자 중근도 더 크게 웃는다.

중근   타카오도 웃을 줄 아는 사람입니까?

타카오   나는 사람 아닙니까?

중근   웃으세요. 사람이 아닌 줄 알았습니다.

타카오   안중근 당신이 이겼습니다.

중근   사형을 선고받게 해 놓고 이겼다고 하니, 참 재
           미있는 검사님입니다. (진지하게) 이건 싸움의
           문제가 아니었습니다.

타카오   면회까지 시켜주면 당신이 설득될 줄 알았는
           데… 정말 항소할 생각이 없었소?

중근   나의 어머니께서도 편지로 그런 짓은 하지 말
           라고 하셨죠. (서랍에서 편지를 꺼내 읽어 준다)

           네가 만약 늙은 어미보다 먼저 죽은 것을 불효
           라 생각한다면, 이 어미는 웃음거리가 될 것이
           다. 너의 죽음은 너 한 사람 것이 아니라 조선
           인 전체의 공분을 짊어지고 있는 것이다. 네가
           항소를 한다면 그것은 일제에 목숨을 구걸하
           는 짓이다. 네가 나라를 위해 이에 이른즉 딴

맘 먹지 말고 죽으라. 옳은 일을 하고 받은 형이니 비겁하게 삶을 구하지 말고, 대의에 죽는 것이 어미에 대한 효도이다. (미소를 짓는다)

타카오　(생각하며) 항소를 할 수가 없었겠군요. 정말 이토 히로부미의 동양평화 사상에 대해… 아닙니다. 그만합시다. 안중근 당신이 많이 생각 날 겁니다.

　구리하라가 방 앞에 멈춰 서자 타카오가 목례를 하고 나간다. 들어서는 구리하라. 자리에 앉는다.

구리하라　(보자기를 풀며) 아내가 싼 도시락입니다.

중근　(자리 앉으며) 정말… 멋집니다. (먹어보며) 음… 맛있어요. 기가 막힌 맛입니다.

구리하라　천천히 드십시오.

중근　사모님 솜씨가 최고시라고 꼭 좀 전해 주세요.

구리하라　안 중장님.

중근　네. 또 무슨 일이 있습니까?

구리하라　사형 집행 날짜가 잡혔습니다.

중근   (뒤쪽에 쓰다만 글을 보며) 내 이야기 안응칠 역
      사는 다 마무리를 했는데 동양평화 사상은…
      끝까지 못 쓰겠군요. 뭐 그래도 세계의 주목을
      끌었으니까 나는 성공한 삶이겠죠.

카미렌의 사진관 - 낮 / 안

  남장을 하지 않은 성희가 지바와 마주 앉아 있고 그
옆에 카미렌이 카메라를 닦고 있다.

지바   그분의 마지막 모습 촬영을 해 주셔야죠.

카미렌은 성희의 눈치를 살핀다.

지바   그분의 부탁이셨습니다.

카미렌   제가… 갈까요?

성희   아닙니다. 제가 가겠습니다. (슬픔을 추스르며)
      인사를 드려야죠.

수용소 소장실 - 낮 / 안

찻잔에 찻물이 따라진다. 그 위로 중근의 말소리가
들린다.

중근　　고운 빛깔만큼 맛도 좋았습니다.

중근에게 차를 올리는 구리하라의 아내.

아내　　고맙습니다.
구리하라　제 아내 이마이 후사코입니다.

후사코가 한 걸음 물러나며 인사를 한다. 찻잔을 내
려놓는 중근의 시선에 카메라가 서 있고 그 옆으로 성
희와 카미렌도 서 있다. 카미렌이 다가와 중근의 머리를
빗겨주고 가위로 정성스럽게 콧수염을 다듬어준 다음
인사를 하고 물러선다. 지바가 하얀 수의를 입혀 주며
인사를 드린다. 중근이 사람들에게 미소를 짓자 애써

미소를 지어준다. 중근 서 있는 성희와 지바 그리고 카미렌을 보며 말했다.

중근   삼국의 젊은이들이 함께 모였네요. 성희 씨는
       중국어와 일본어를 잘하니 카미렌과 지바 도
       시치도 중국말 한국말을 조금씩 배우길 부탁
       드려요. 그러면서 조금 더 상대를 이해하면 좋
       겠죠. (성희에게) 어때요?

성희   좋아요. 안 중장님.

중근   성희 씨! 아무 말하지 않아도 됩니다. 사진 잘
       찍어 주세요. 깨끗하게.

구리하라가 아내와 함께 인사를 한다. 카미렌이 중근의 자세를 잡아주고 서터를 누르자 하얀 수의를 입은 중근의 모습이, 사진 속에 남는다.

1910년 3월 26일

1910년 3월26일

감방의 철창문 열리는 소리가 공명하듯 울린다.

여순 형무소 / 사형장 – 몽타주 – 낮 / 안 / 밖

경천이라 쓰고 글씨에 손도장을 찍는 중근. 중근이 수감 생활을 했던 독방의 입구를 지바가 열었다. 중근이 입구 쪽으로 몸을 돌리자 지바가 부동자세로 서 있고 구리하라가 중근을 향해 깊게 머리를 숙이는 모습이 하얗게 보인다.

운동장 담장 아래 바람에 흔들리는 대나무 숲 너머 교수대로 향하는 중근의 모습이 보인다. 복도를 걸어가는 중근은 철문을 지나 사형장으로 들어갔다. 마지막

주문을 읽는 집행관들이 그의 시선 속으로 들어온다.
중근은 그들을 향해 말했다.

중근   우리 동양의 평화를 위해 만세나 한번 외칩
시다.

집행관들은 모두 중근을 외면한다. 중근은 교수대 위
에 섰다. 중근의 얼굴 가까이 빌헬름 신부님의 얼굴이
다가왔다.

빌헬름   토마스, 그대는 오늘 하느님 은총을 받기에 불
충분하다.

중근   (눈을 맞추며, 알 듯 모를 듯한 미소) 알고 있습
니다.

빌헬름   그러나 나는 너를 위해 기도드리겠다. 토마스
안중근! 이 마지막 미사에 참석할 수 있도록
해 주신 은혜에 감사를 드리도록 해라.

빌헬름 신부가 대신하여 중근에게 성호를 그어 주었다.

중근	(무겁고 진지하게) 아멘.
빌헬름	중근아, 너의 신념과 가족들을 위해 늘 기도를 올리마.
중근	신부님. 고맙습니다. 저의 신념은 대한을 지키는 것이고 목숨은 독립입니다. 대한의 독립을 위해 기도해 주세요.

빌헬름 신부가 성호를 긋고 묵주에 입을 맞춘다. 중근과 빌헬름 신부 사이의 깊은 공간이 어둠 속으로 들어간다. 그리고 그 위로 중근의 목소리가 들린다.

중근	(소리친다) 대한 독립만세.

덜컹, 교수대의 아래 뚜껑이 열리는 소리가 공간을 울리며 어둠 위로 중근의 목에 감긴 밧줄이 팽팽해지며 먼지가 일어난다. 잠시 행복했던 과거가 중근의 머리에 떠오른다.

툇마루에 누워 책을 보던 중근이 어머니와 부인을 보며 행복해 한다. 밤 늦도록 방에서 책을 보는 중근과 옆에서 바느질하는 부인의 다정한 모습. 문틈 사이 마당에서 지켜보는 어머니의 환한 웃음.

　　　중근　　(소리친다) 대한 독립만세.

　　교수대 위, 매달린 중근의 몸이 보인다. 굳게 쥔 주먹이 펴지며 단지 된 손이 흰 소맷자락 사이로 나타난다. 검은 천으로 가려진 얼굴.

　　　중근　　(소리친다) 대한 독립만세.

　　사형장 밖의 하늘은 너무나도 파랗다. 그 하늘을 배경으로 청계동천의 맑은 물소리가 들린다.

청계동천 - 낮 / 밤

　푸른 하늘이 흐르는 청계동천의 언덕 위로 햇살이 비
춰 들어온다. 언덕 한쪽은 중근의 어머니와 부인, 정근
과 공근, 은숙이 서 있고 큰 나무쪽은 아버지 안태훈이
서 있다. 그 옆으로 성희와 지바, 카미렌이 서로 이야기
를 나누고 있고 언덕 위 나무쪽으로 걸어 올라오는 중
근. 웃음 가득한 중근의 얼굴 위로 들리는 중근 마지막
유언이 물처럼 흐른다.

中근　　내가 죽은 뒤에 나의 뼈를 하얼빈 공원 곁에 묻
　　　　어두었다가 우리의 국권이 회복되거든 고국으
　　　　로 반장해다오. 나는 천국에 가서도 또한 마땅
　　　　히 우리나라의 회복을 위해 힘쓸 것이다. 너희
　　　　들은 돌아가서 동포들에게 각각 모두 나라의 책
　　　　임을 지고 국민 된 의무를 다하며 마음을 같이
　　　　하고 힘을 합하여 공로를 세우고 업을 이르도록
　　　　일러다오. 대한독립의 소리가 천국에 들려오면
　　　　나는 마땅히 춤추며 만세를 부를 것이다.

천천히 가족 곁으로 가는 그의 뒷모습이 보인다.

안
중
근

1910년 3월 26일 여순 감옥에서
불꽃 같았던 생을 마감한다.
그러나 그가 그토록 원했던 독립은 오지 않았고
그해 8월 대한제국은 일본에
병합이 된다.

하지만

그의 정신은 대한 국민의 가슴속에 끝까지 살아남아
1945년 8월 15일 대한민국은 독립을 맞이한다.

에필로그

카미렌의 사진관 – 낮 / 안

정착액에 서서히 인화되는 실제 안중근 의사의 사진과 엽서들 그 너머로 나이가 든 지바와 카미렌이 한국말로 이야기를 나누고 있다.

지바   안녕하세요?

카미렌   곤니치와.

지바   니하오.

카미렌   잘 지내셨습니까?

지바   정말. 오랜만입니다.

사진관 - 낮 / 밤

노인이 된 성희가 감회 어린 눈빛으로 안을 들여다본
다. 사진관의 안쪽에서 성희를 발견한 지바와 카미렌이
밝게 웃으며 걸어 나온다.

지바   정말 오랜만입니다.

카미렌   잘 지내셨습니까?

성희   두 분 한국말이 많이 늘었습니다.

문을 닫고 사진관 안으로 들어가는 세 사람, 줄에 걸
려 건조되고 있는 사진 너머로 마주 앉는다.

성희   삼국의 젊은이가 모여 서로의 언어를 배우고
           같은 화폐를 쓰며 소통을 하자고 하셨는데 이
           제는 힘없는 삼국의 노인들이 되었네요.

카미렌   그래도 앞으로는 좋은 일만 있지 않겠습니까?

지바   (사진 쪽을 돌아보며) 안중근 님께서 행복한 꿈
           이야기를 해주신 적이 있었죠.

카미렌　그분께 많은 빚을 졌습니다.

지바　갚지도 못하고 나이가 들었군요.

성희　과거를 기억하는 사람들이 이렇게 모여 앉은
　　　것만 봐도 기뻐하셨을 겁니다.

성희가 사진 쪽으로 다가와 중근을 찍은 카메라를
든다.

성희　여기에… (돌아보며) 자! 사진 한 장씩 찍읍시
　　　다. 이 카메라에 그분을 담았었습니다. 자! 서
　　　봐요. 지바부터.

한 장 한 장 사진을 찍는 지바와 카미렌 그리고 마지
막에 성희가 간유리에 비쳤다가 찍힌다.

안중근　동양은 왜 평화롭지 못할까 그 방법이 없을
　　　까? 조선과 중국 일본 아시아 삼국의 젊은이
　　　들이 이렇게 좋은 곳에 모여 서로 각 나라의
　　　언어를 배워 소통을 하고 이해를 하며 식민지
　　　화 하려는 서양 세력에 대응을 하면 평화로울
　　　텐데… 그런 생각을 하고 있었습니다.

오늘은 안중근 의사의 순국 110주년이 되는 날입니다. 아직은 그의 유언처럼 유해를 반장하지 못했지만, 아마… 남과 북이 하나 되는 날이 온다면 대한민국 중국 일본 세 나라가 기뻐하며 그를 맞이할 수 있을 것입니다.

대한 청년